Tres

Melissa P.

Tres

Título original: *Tre*

© 2010, Giulio Einaudi editore s.p.a, Torino

Publicado por acuerdo con Marco Vigevani Agenzia Letteraria, Milano

© De la traducción: 2012, Patricia Orts

© De esta edición: 2012, Santillana Ediciones Generales, S. L.

Avenida de los Artesanos, 6. 28760 Tres Cantos (Madrid)

Teléfono 91 744 90 60

Telefax 91 744 92 24

www.sumadeletras.com

Primera edición: septiembre de 2012

ISBN: 978-84-8365-339-5

Depósito Legal: M-20668-2012

Impreso en España

Printed in Spain

PRISA EDICIONES

La vía generó el uno,
y de uno fueron dos,
y de dos, tres,
y de tres los diez mil seres.

Laozi, *Daodejing*

Cuando dos o tres personas se reúnen no se puede decir que estén juntas. Son como marionetas colgadas de unos hilos sujetos por varias manos. Solo cuando una única mano los dirige desciende sobre ellos un sentimiento compartido que los empuja a la reverencia o a la lucha. También las fuerzas del hombre se encuentran en el punto donde los extremos de los hilos convergen en la firme sujeción de una mano que domina soberana.

Rainer Maria Rilke,
Apuntes sobre la melodía de las cosas

PRIMERA PARTE

ROMA

Uno

No pretendían cambiar el mundo, sabían que quienes lo habían intentado antes que ellos habían fracasado. Querían cambiarse a sí mismos.

—Si nos acostumbran a tener que comunicarnos con diferentes personas al mismo tiempo ¿por qué nos disuaden después de amar a más de una a la vez? —se preguntaron una noche, de madrugada, mientras esperaban el alba en la ventana.

La sociedad estaba tan acostumbrada a la monogamia como a la clandestinidad, y el practicar una cosa u otra era irreprensible. No se podía decir lo mismo, desde luego, cuando las que se querían eran tres personas.

—¿También vosotros sois amantes? —preguntaban los más curiosos a Gunther y a George.

Ellos se limitaban a sonreír bajo la mirada divertida de Larissa.

—Nos queremos todos —respondía ella.

Era una forma de reconocerlo dejando las puertas abiertas a cualquier posibilidad. Si bien era cierto que, hasta ese momento, todos ellos habían llevado una vida dedicada al placer, era igualmente cierto que esa forma de amor tan vasta jamás había entrado en sus existencias.

Los tres habían tenido anteriormente ocasiones de compartir el compañero o la compañera con otro, o ser, a menudo, *el otro*.

Larissa, la más joven de los tres, había hecho el amor sucesivamente con cinco hombres la misma noche y en la misma habitación. Luego había sido contactada por una pareja con la que únicamente debía mantener los muslos bien abiertos para permitir que la lengua de ella explorase secretos femeninos. Hacía muchos años que no había vuelto a compartir su cuerpo con más de una persona, la vez en que había acabado en el sofá de un piso desconocido con dos hombres, justo unos meses antes de embarcarse en una relación monógama, seguida de un matrimonio.

Fue durante ese matrimonio cuando conoció a Gunther, el más viejo de los tres. Era ese tipo de hombre por el que el tiempo parece no pasar, cuyas arrugas evocan una juventud que jamás ha llegado a desaparecer. Tras haber sido expulsado de todos los institutos de Roma acusado de acciones subversivas y disturbios a los que le gustaba denominar «revoluciones estéticas», a los dieciocho años había comenzado a vender loros. Los criaba en el balcón de su casa y, de vez en cuando, los soltaba por la ciudad. Ocurría a menudo que los loros volviesen a la jaula motu proprio, pero los pocos que preferían la libertad alimentaban la crónica local con pequeños sucesos.

Larissa y él se habían visto por primera vez en casa de un poeta, amigo común, antes de que ella conociese al que luego se convertiría en su marido.

Esa noche Larissa no tenía ganas de salir, había subido para fumarse dos cigarrillos y se había marchado sin recordar ni las caras ni los nombres. Se había olvidado de Gunther antes incluso de haber llegado a los pies de la escalera, de haber llamado a un taxi y de haberse echado de nuevo en el sofá de su piso para mirar el techo envuelta en la oscuridad y el silencio de su casa. Gunther la había observado mientras se presentaba al resto de los invitados y sonreía con evidente desgana. Él la había recordado durante un tiempo algo más prolongado, un par de horas, pero a la mañana siguiente era también parte del recuerdo.

A Gunther le había llamado la atención la extraña luz que parecía rodear el contorno de su cuerpo. Similar a una harina mágica, intangible, le resbalaba de la cabeza a los hombros, se instalaba en sus pechos pequeños y redondos, y se acomodaba en sus caderas. Era una luz misteriosa, una reverberación arcaica que venía de lejos, más sorprendente cuanto más antigua, porque Larissa, por aquel entonces, todavía era menor de edad.

Era la poetisa más joven de la ciudad y su nombre circulaba desde hacía tiempo en los círculos literarios de la misma. Gunther había oído hablar de ella y en ese momento, mientras la escrutaba en el salón de su amigo, rodeada de poetas y literatos, le daba la impresión de no ser consciente del poder que, de manera tan precoz, tenía en sus manos.

Tras aproximarse a ella, Gunther olfateó el aroma que emanaba. «Es una tía espabilada», pensó, si bien no pudo por menos que notar la sensación de pureza que le transmitían la melena que le rozaba los hombros y los ojos de color avellana que clavaba en el suelo cuando estaba segura de que nadie la miraba.

Se volvieron a ver cuatro años después. Larissa había escrito otras obras, seguía siendo mucho más joven que buena parte de los poetas de su entorno, y se había casado con un marxista coetáneo, ecologista, primitivista y pesimista.

La habían invitado a asistir con su marido a una lectura de poesía que iba a tener lugar en un local de San Lorenzo donde servían gratis vino de mala calidad en unos vasos de plástico en tanto que el público escuchaba en silencio los versos de unas poetisas ancianas que lucían unos sombreritos de paja sobre sus cabelleras estoposas.

Larissa, sentada frente al público, escuchaba sus pensamientos a la vez que seguía con los ojos las manchas que había esparcidas por la pared blanca.

A varias filas de distancia Leo, con los brazos cruzados, suspiraba y tosía de aburrimiento. Una revista de izquierdas ocupaba la silla que había entre Gunther y él. Gunther le preguntó si podía leerla. Leo no tuvo ningún inconveniente.

Nada más finalizar un artículo sobre una nueva variedad de psicofármacos, Larissa inició su lectura.

Al oír su voz profunda Gunther alzó la cabeza y se sorprendió de que su dueña fuese una joven tan menuda, con los hombros tan estrechos, y las muñecas tan finas como baquetas.

Tardó unos segundos en darse cuenta de que se trataba de la misma persona que había conocido hacía ya varios años. Escuchó cinco o seis versos y luego acabó el artículo. Cerró la revista golpeando con fuerza sus páginas. Los poetas polvorientos no notaron su gesto; Larissa, en cambio, alzó con desgana los ojos y lo miró. Esbozó una sonrisa, no porque lo hubiese reconocido, sino porque esa pequeña distracción parecía haber aligerado un poco la atmósfera marmórea reinante que tanto detestaba.

Gunther invitó a Leo a beber un vaso de vino. Larissa alzó de nuevo los ojos y vio que se alejaban.

—¡Yo también soy poeta! —dijo Gunther a Leo, que parecía tímido—. Pero crío loros.

Tras apurar el vino de un trago preguntó a Leo si él también escribía poemas.

—No, la poetisa es mi mujer —contestó Leo aludiendo a Larissa.

Luego hablaron de economía y de política olvidando la poesía.

Esa noche cenaron juntos, y también las sucesivas. Larissa observaba a Gunther mientras devoraba chuletas de cerdo, se ahogaba en el vino, limpiaba con esmero los cubiertos con las servilletas, y guiñaba un ojo a las camareras y a los clientes del restaurante. Esa primera noche se prometió a sí misma que en cuanto volviesen a casa reñiría a Leo por la costumbre que tenía de ir recogiendo a todos los chiflados que pillaba por la ciudad sin pedirle de antemano su opinión. Esos tipos se quedaban pegados a los sillones de su casa y permanecían en ella como invitados durante un tiempo indeterminado.

Gunther le parecía un alcohólico y un vagabundo. Necesitaba estar en la calle y en los locales el mayor tiempo posible, siempre era el último en marcharse. Se reía mucho y de manera estentórea, interrumpía las conversaciones levantándose de la silla y gesticulando; era un histriónico sin el menor sentido del pudor.

A Larissa no le sorprendió que Gunther y su marido se convirtieran en íntimos amigos. Sabía de sobra cuál era el motivo por el que Leo lo admiraba tanto: el apasionamiento del que él carecía por completo.

Admirado y aturdido, Leo seguía a Gunther por las calles nocturnas, le hablaba de los conflictos en Oriente Medio mientras el otro cortaba rayas de cocaína encima de los espejitos de los coches aparcados; discutían sobre la supremacía norteamericana indignados, ofendidos, revolucionarios.

Larissa los seguía como un animal silencioso, confiaba en que Leo cambiase, confiaba en que la influencia de Gunther resolviese las carencias de las que su matrimonio era un sano portador. Esperaba que llegase el momento en que la materia incandescente de Gunther disolviese los nudos de Leo.

No obstante, por mucho que la vida caótica de Gunther fascinase a Leo, este se iba tornando cada vez más cerrado e impenetrable. Al cabo de unos meses del inicio de la amistad expresó a Larissa su disgusto.

—Bebe y se droga demasiado —dijo.

—No lo juzgues —sugirió ella—, no os parecéis en nada, vuestras necesidades son muy distintas. Intenta más bien que te transmita lo mejor de él.

—¿Crees que Gunther tiene cosas que a mí me faltan?

Era una pregunta que obedecía más a la curiosidad que a la amenaza. La única palabra que a Larissa le vino a la mente fue *consciencia*.

—Él es más consciente.

Leo le pidió que se lo explicase. Larissa no supo.

En dos ocasiones Larissa tuvo la clara sensación de que Gunther se sentía atraído por ella.

La primera vez fue una tarde, después de comer. Su marido y ella estaban tumbados en el sofá y habían intentado un amor que no consumaban desde hacía ya varios meses.

Gunther llamó a la puerta un instante después de que Larissa se hubiese apiadado de Leo y hubiese decidido concederse a él.

Larissa se apresuró a arreglarse el pelo y trató de sentarse con naturalidad en el sofá a la vez que se tapaba las piernas desnudas con una manta.

Gunther hizo su entrada con dos botellas de vino, una debajo de cada brazo. El embarazo de Leo saltaba a la vista, lo que quedaba de la erección aflojada por la sorpresa le oprimía los pantalones.

—¡Vaya! ¿Estabais haciendo el amor? Disculpad... —soltó Gunther sin pensárselo dos veces.

Leo lo negó al mismo tiempo que Larissa decía que sí.

Gunther le sonrió y, mientras Leo se alejaba para cerrar la puerta que su amigo dejaba invariablemente abierta, el muy descarado sacó la lengua y la miró a los ojos.

La segunda ocasión se produjo varios meses más tarde, en verano. Larissa llevaba un top escotado en la espalda. Caminaba entre los dos, se dirigían hacia el centro, donde Gunther había quedado con un par de amigos.

Para empezar sintió la mano de él en la nuca. No era raro que Gunther acariciase los hombros o el pelo de los amigos con los que compartía su tiempo.

La mano resbaló por la espalda. Más que afecto, parecía deseo. Cuando notó que se deslizaba hacia las nalgas, Larissa se apartó con discreción y simuló que ese contacto había sido fruto de un gesto involuntario. Era ese el deseo que ella reclamaba para su cuerpo, esa veneración agresiva, solo carne, solo piel y humedad. Un deseo que Leo no podía ofrecerle, dado que los años que habían pasado habían deshidratado el estremecimiento.

Esa misma noche Larissa se lo contó a su marido. Leo no se lo creyó.

—¿Acaso piensas que los demás ya no me pueden encontrar atractiva? —lo provocó.

Él no respondió.

—Ni siquiera tú —prosiguió ella.

Él volvió a optar por el silencio.

La respuesta era tácitamente afirmativa y por ese motivo ella hacía mucho tiempo que no se sentía mujer.

Ya no recordaba sus aventuras de adolescente, cuando le bastaba una mirada para incitar al amor. O contonearse sobre los tacones para atisbar erecciones arrogantes.

Había perdido la conciencia de su feminidad y consideraba como único responsable al matrimonio.

A medida que se iba acomodando a la calma había perdido el contacto con su naturaleza animal. El carácter sosegado y convencional de su marido no podía sino secundar ese proceso de muerte de los sentidos y del deseo que, a esas alturas, solo se podía combatir con una separación.

Mayo fue el mes de las separaciones.

Gunther y Leo riñeron por razones de política internacional. En tanto que Leo aseguraba que Hamás tenía legitimidad para bombardear el territorio de Israel, Gunther sostenía que el asunto carecía de fundamento. Discutieron toda la noche delante de una botella de absenta.

A partir de ese día los dos amigos no se llamaron por teléfono ni se volvieron a ver. De esa forma, Larissa perdió también el contacto con Gunther.

A finales de ese mismo mes Larissa y Leo decidieron divorciarse. Fue una separación civilizada y pacífica, ni se odiaban ni se recriminaban culpas que, a decir verdad, eran inexistentes. Se habían casado nada más cumplir dieciocho años y con veinticinco empezaban a ver que sus caminos se iban separando más de lo que nunca se habrían imaginado. A pesar de que creían en la sinceridad y en la pureza de su amor, se habían ido deslizando de manera inevitable al interior de una herida lenta e invencible.

La misma noche en que se separaron Larissa conoció a un turista americano.

Un mes juntos y un sinfín de incomprensiones; lo atribuyeron a los diferentes idiomas cuando, en realidad, era sencillamente desinterés recíproco.

Una noche en que el americano y ella fueron al Trastevere se encontró con Gunther.

Ella le contó que se había divorciado. Gunther le dijo que tenía buen aspecto, le cogió una mano y la hizo girar sobre sí misma. Estaba borracho.

El cuello de Larissa se tiñó de rojo, le dio las gracias a Gunther apresuradamente y volvió a sentarse al lado de su amante americano.

De nuevo pensó que le gustaba a Gunther, si bien no le apetecía mínimamente secundar esa atracción.

Habían sido amigos, él había sido el mejor amigo de Leo. Larissa jamás había engañado a su marido y la idea de complacer a su viejo amigo le parecía una ocasión, si bien tardía, de traicionarlo. Una sonrisa equívoca habría dado alas a la mente de Gunther, y ella no podía permitirlo.

No sentía la menor atracción por él.

Después del americano llegaron dieciséis hombres más.

Larissa sintió que se adhería por fin a sí misma reconquistando la pasión que creía haber perdido durante el matrimonio. Se concedía con alegría y generosidad, y los quería, los quería de verdad, aunque solo fuese durante una noche o dos, o, como mucho, una semana. Esa libertad del cuerpo le parecía la justa recompensa a varios años de privaciones, años en los que se había visto obligada a mortificar su deseo.

Si, por un lado, la promiscuidad completaba ciertos aspectos de su naturaleza más íntima, por otro la necesidad de pertenencia llamaba cada vez con más insistencia a su puerta. Anhelaba una relación más auténtica, un amor dispuesto a compartir con ella algo que fuese más allá de la piel.

Empezó a exigir más a los hombres que frecuentaba y les hacía partícipes del tormento que la atenazaba, incapaz de elegir entre su naturaleza libertina y su índole burguesa. Los repetidos rechazos que recibió la hicieron desmejorar rápidamente.

No lograba escribir y comía poco. Empezó a beber alguna que otra copa de vino en solitario; al cabo de unas semanas volaban botellas enteras durante la noche cuando, con papel y bolígrafo, intentaba acabar unos poemas que iniciaba y que jamás lograba finalizar.

Vivía sumida en la frustración artística, en el tormento y en la imposibilidad de reconocerse en la persona en que se había convertido.

Buscó alivio en los opiáceos y en la cocaína, pero no encontró en ellos ningún espejo capaz de reflejarla.

Las poesías inacabadas revelaban, sobre todo, su desazón. A mediados de noviembre se metió en la cama un domingo por la tarde y no se levantó hasta el martes por la mañana. Había perdido todo interés por la vida, pese a que no había deseado la muerte ni un solo segundo.

Lo que los otros calificaban de experiencia nihilista en su caso se trataba tan solo de la necesidad de reencontrarse, y cualquier medio o circunstancia le parecían oportunos.

Volvió a encontrarse con Gunther a principios de diciembre. Hacía ya unas semanas que Larissa había adoptado la costumbre de comer en el parque, miraba los gatos que poblaban la colonia y exigía al aire y a los árboles estímulos e inspiraciones, en tanto que los felinos se perseguían y sujetaban entre las mandíbulas palomas moribundas.

Larissa se tapaba la nariz con una capa blanca. En su cabeza seguían relampagueando las imágenes generadas por las drogas que se había tomado la noche anterior. El vino le calentaba las venas, pero tenía la impresión de que su cuerpo yacía en una charca. Hacía tiempo que había perdido incluso las ganas de hacer el amor.

Gunther la vio antes y se acercó trotando hacia ella sujetando a su perro con la correa.

Ella no supo explicarse el hormigueo que sintió en las manos cuando lo vio. De improviso se sintió feliz. También Gunther parecía sentir la misma alegría y, apurando su cigarrillo, se acercó y se arrodilló al lado de Larissa, que estaba tumbada en la hierba.

Ese gesto, tan íntimo, la hizo sentirse protegida.

Gunther reconoció en su amiga una tristeza que, sin embargo, era inusual en ella. Sabía que, de vez en cuando, era capaz de arrojarse a precipicios de melancolía que le velaban los ojos y sabía que uno de los monstruos más atroces de su edad era la insatisfacción. Gunther había pasado por esa fase y quizá nunca había salido del todo de ella.

Larissa le contó todo: el rechazo de los hombres, el alcohol, las drogas y la aridez artística. Le confesó que la infelicidad que la oprimía era distinta de la que sentía con Leo.

—Es un partido contra mí misma, ¿comprendes? Antes éramos dos los que debíamos compartir la insatisfacción y las frustraciones. Ahora, en cambio, estoy sola; soy la única responsable.

Larissa había considerado desde un principio que Gunther era un hombre autodestructivo, e incluso los amigos que tenían en común lo describían así, como una persona poco fiable e inconstante. No obstante, ella sentía que bajo esa corteza ruidosa existía un corazón ardiente.

Nadie mejor que él podía entenderla en ese momento tan especial de su vida.

Larissa siempre había reconocido en ella una fuerza innata capaz de procurarle una energía vital pura. Esa nueva debilidad, esa incapacidad de encontrar en sí misma la plenitud la irritaba al mismo tiempo que la hacía sentirse inadecuada.

Gunther asintió con la cabeza. Era la primera vez que ella hablaba tanto con él y no la interrumpió. Durante su relato se encendió cuatro cigarrillos a la vez que sonreía comprensivo.

Eran un hombre adulto y una cría. Él escuchaba paciente sus pecados y tormentos. El perro miraba muy tieso a los gatos que, detrás de las rejillas, se deslizaban furtivos e irritantes por el césped.

Permanecieron en silencio unos minutos, acto seguido Gunther apagó en la hierba blanda el enésimo cigarrillo y, cohibido, abrazó de improviso a Larissa.

Fue un abrazo envolvente sin el menor viso de erotismo. Estaban cerca y ella sentía que lo comprendía mejor que nunca, sin duda mejor que cuando estaba condicionada por el juicio de Leo.

—Yo he dejado por completo todas mis dependencias —exclamó satisfecho.

Ella lo escrutó estupefacta.

Gunther soltó una de esas carcajadas que parecían fuegos artificiales, unos rayos azulados que llameaban en derredor colmando el aire; a Larissa le pareció menos gris que en otras ocasiones.

Gunther la invitó a la fiesta de su cumpleaños, que celebraba al día siguiente.

—¡Mañana también es mi cumpleaños! —exclamó ella y, sin darse cuenta, rompió a reír sonoramente.

La risa atronadora de él se unió a la caballuna de ella, de manera que incluso el perro no pudo por menos que festejarlos con un aullido.

Al día siguiente por la tarde, antes de anochecer, Gunther se presentó en casa de Larissa. Llevaba tres bolsas grandes de plástico por las que asomaban varias botellas de alcohol.

—¡La fiesta! —dijo sin más.

De nada sirvió explicarle que no estaba previsto que la celebrasen allí. Él lo había decidido ya y, mientras observaba cómo colocaba las botellas sobre la mesa, Larissa no tuvo fuerzas para oponerse a su voluntad.

Apenas conocía a los invitados de Gunther, pero este les había avisado el día anterior de que ese día era también el cumpleaños de Larissa, de manera que todos tuvieron la delicadeza de besarla en las mejillas cuando llegaron, antes de desaparecer para festejar con Gunther, que a esas alturas estaba ya borracho.

Al final de la noche quedaron solo cuatro invitados: ella, Gunther y dos de sus amigas. Se veía a la legua que las dos eran candidatas a pasar el resto de la noche con él. Bien por separado o, quién sabe, tal vez las dos en la misma cama.

Gunther besó primero a una, y luego a la otra. Todos estaban ebrios y el pudor sobraba.

Gunther se reía divertido de esas dos jóvenes que esperaban un movimiento que solo él, en calidad de hombre, podía hacer.

Larissa observaba la escena. Consideraba mortificador que correspondiese a los hombres el papel de cortejadores activos y que las mujeres, en cambio, tuviesen que fingir desinterés: se veían obligadas a protegerse, a burlarse del hombre. «Cuanto más se niegan las mujeres más acicatean su deseo»,

pensaba Larissa. Ella no era capaz: el rechazo, poco importaba que fuese la autora o la
víctima, la desmoralizaba. De hecho, había
aceptado con frecuencia propuestas que disgustaban a su corazón y a su cuerpo porque
negarse la atemorizaba tanto como la amenaza de una enfermedad mortal. Divagando,
se quedó dormida en el suelo.

Se despertó al cabo de unas horas, al
amanecer, molesta por el dolor de espalda.
Gunther dormía a su lado. Compuesto y
pacífico. Daba la impresión de que sus ojos
cerrados se podían abrir en cualquier momento. Parecía mucho más niño, si bien su
piel relajada e inerme no pedía protección,
al contrario, daba la impresión de ser hijo
del universo consciente y de estar absorto
en la contemplación de su naturaleza pura e
incontaminada. De las jóvenes no había ni
rastro.

Larissa se movió sigilosamente para no
despertarlo. Cuando se incorporó la mano
de él le aferró una muñeca.

Ella se volvió. Gunther mantenía los
párpados cerrados, pero sonreía. Petrificada
por ese gesto, Larissa no tuvo tiempo de
pensar.

Gunther la sujetó por el pelo y la besó como si ansiase penetrar todo su cuerpo introduciéndose por la boca. Era un beso devorador y Larissa dejó que la devorase, que la tocase, que la aferrase y le hiciese el amor.

Fue un coito desesperado, del que manaron sudor y sangre en abundancia, la sangre menstrual de ella no lo detuvo en su devastadora y furiosa carrera y se esparció por doquier.

«Está furioso», pensó Larissa mientras Gunther se adentraba en ella.

Liberando la voz y las garras, amalgamados en un sopor alcohólico, Gunther y Larissa vivificaron sus sexos, los colmaron de energía, pero esta vez no se trató de la energía destructora que Larissa transmitía al resto de sus amantes ni de la energía ansiosa que Gunther absorbía de las demás mujeres para recargarse. Con cada golpe, con cada gemido, algo iba creciendo; como si una aguja zurciese un vestido desgarrado entrelazando sus hilos; cada vez que la punta del pene de Gunther rozaba los ovarios de Larissa el vestido parecía adquirir una forma más definida, de manera que, por fin, era presentable. Pese a que ambos podían jurar que habían gozado del sexo, ninguno de los dos podía ignorar que, bajo esa manta, el significado del goce corría el riesgo de aclararse, de convertirse en una verdad finalmente desvelada.

Al día siguiente, de esa furia restaba tan solo una manta ensangrentada y dos besos en las respectivas mejillas.

Gunther volvió a su casa, llevó el perro al parque, regresó de nuevo y se ocupó de los loros.

A media tarde, después de haber ordenado la habitación, metido la ropa en la lavadora y clavado de nuevo en la pared un marco con el retrato más famoso de Karl Marx, se sentó a la mesa de la cocina. Se escanció un poco de vino en una copa y empezó a beber.

A continuación se llevó un dedo a la boca y mordisqueó la pielecita que tenía en la base de la uña. Lo encontró justo allí, tan intenso como el alcohol puro que abrasa la garganta al deslizarse por ella. Estaba allí, encastrado entre la uña y el dedo. El olor de ella, su sangre, su humor, sus heces, pegados a su piel desde la noche anterior. Le gustó. Siguió girando la pielecita entre los dientes.

Se concedió la idea de acostarse con Larissa una vez más, y fantaseó con ella toda la noche.

Al otro lado de la ciudad, Larissa observaba la manta ensangrentada temiendo que el mero hecho de tocarla y lavarla tornase real el encuentro que no debía haberse producido. Lavar las manchas significaba aceptar la realidad de lo acaecido; así pues, dejó la manta en el lugar donde se encontraba y se inventó una fantasía tan inverosímil que llegó a parecerle creíble. Alguien había sangrado por la nariz y había ensuciado la manta. Eso era lo que había sucedido.

Jamás volvería a hacer el amor con Gunther, pensó. Y con ese pensamiento dio por zanjada la cuestión.

En ese mismo momento, en otra ciudad de Europa, George estaba embarcando por la puerta número cinco en el vuelo que se dirigía a Roma. En el bar del aeropuerto había pedido dos güisquis y había disuelto en la lengua tres pastillas de Valium.

Llegó a la puerta del avión con una sensación de aturdimiento en las piernas que subía por su cuerpo y le calentaba el estómago cuando llegaba a él.

Esta vez no tendría miedo, lo sentía.

Se sentó al lado de una mujer con el pelo tan rubio que casi parecía blanco. Observó sus largos pendientes dorados que se balanceaban mientras el avión avanzaba por la pista. Cuando este alzó el vuelo se quedó sin aliento. George intentó recuperar las moléculas alcohólicas que, en ese instante de pánico, daban la impresión de haberse evaporado. Intentó recordar hasta qué punto estaba borracho antes de que el avión despegase. Cuando, por fin, su cabeza empezó a caldearse también, George cerró los ojos y descubrió que estaba sonriendo.

Pensaba en su amigo Gunther, en los años en que habían estado separados. El anhelo por reunirse de nuevo con él superaba al miedo que le producía estar suspendido en el aire.

Volvió a cerrar los ojos y sintió el intenso perfume a azahar de su vecina. Con los párpados cerrados pensó en un jardín y en la piel blanca de una mujer desconocida hasta que se quedó dormido.

Dos

Era la una y treinta y cinco de la madrugada cuando George tomó la decisión. Sentado en un café de Montmartre esperaba a que el camarero se acercase a su mesa para recoger los vasos vacíos. Le sorprendía la velocidad con la que apuraba el vino. Miró la fila de copas vacías que había alineado delante de él a la vez que mantenía un dedo en el interior de un libro de poemas de Boris Vian.

Esa noche el viento y la locura asediaban París. Daba la impresión de que el final del verano había dejado en herencia una soledad colectiva inusualmente dolorosa. Los que se habían resignado a ella permanecían sentados, altivos y desconsolados, en la barra de un bar o en el metro. Se protegían de la nostalgia con un paraguas, un diario, un libro en la mano o unos enormes auriculares en las orejas.

Los que, en cambio, la vivían con rabia y cólera habían enloquecido y agredían a las personas sanas en las maneras más extrañas. Deliraban a voz en grito en los márgenes de las calles, defecaban a las puertas de los centros comerciales o mostraban una tristeza inaudita sentados a la mesa de un café, rodeados de botellas de vino vacías y de colillas apagadas con rabia en el cenicero.

Mientras bebía el quinto vaso de vino George se preguntó a qué categoría pertenecía él. ¿A los resignados o a los desesperados? Pensaba que nunca había tenido las ideas claras y, sin embargo, era precisamente esa falta de nitidez la que le dejaba abiertas todas las posibilidades.

Hacía dos meses había visto salir por la puerta de su casa la larga coleta rubia de Aurore. Por última vez. Pese a ello, sus botas rojas de goma permanecían en el vestíbulo, justo donde ella las había dejado después de regresar a casa tras una noche de lluvia y lágrimas.

George nunca había querido a Aurore y pensaba que por ese motivo ella lo había querido mucho más de lo que le estaba permitido. No le costaba nada reconocer que estar con ella era una manera como cualquier otra de pasar el tiempo y de acortar la distancia que le separaba de los demás.

No siempre había sido así. En el pasado había querido sinceramente incluso durante varios años. George no siempre había estado concentrado en sus miedos, tan atento a las vorágines que, de cuando en cuando, se abrían en su interior como un abanico barriendo los gramos de alegría que trataba de acaparar cotidianamente.

Esa noche en Montmartre, a pocos pasos de la casa en que vivía desde hacía poco más de dos años, había sentido que su cuerpo comenzaba a rebelarse y a prepararse para una nueva fuga. Las señales no dejaban lugar a dudas: sus músculos estaban tan tensos que saltaban como muelles bajo su piel que, a su vez, sudaba más de lo que era normal para la temperatura reinante; el corazón le latía bajo el pecho ensombrecido por una nube de ansiedad inmotivada y, sin embargo, invencible.

Escapaba cada vez que tomaba conciencia de que sus ojos ya no lograban ver más allá de la punta de su nariz.

Había regresado a París después de haber pasado un año en Roma y, antes de eso, seis meses en Berlín y dos años en Londres.

—Es hora de volver —le había dicho una adivina de la plaza Vittorio después de haber dado la vuelta a catorce cartas con sus largos dedos huesudos y adornados por un sinfín de anillos resplandecientes. Antes de que la Muerte, el Carro y el Loco le revelasen su destino George había sentido ya la necesidad de marcharse. No tenía la menor intención de volver a su casa de París. La única cosa que lo ataba a esa ciudad era su madre, y ella era, ni más ni menos, la única razón por la que no quería regresar.

Habían pasado ya seis años desde el accidente que había sufrido: mientras viajaba por la autopista Marsella-Burdeos un camión que transportaba pollos la había arrojado fuera de la calzada. El conductor y varias decenas de aves habían perdido la vida; su madre el uso de la palabra y de las piernas. Desde entonces se pasaba los días delante de la ventana de su piso de los Campos Elíseos leyendo a los clásicos y mirando las fotografías del álbum familiar con su hija mayor,

Sylvie. La hermana de George vivía la dolorosa, lenta y melancólica muerte de su madre en simbiosis con ella. Había renunciado a la vida en el mismo instante en que la muerte, o su mera posibilidad, se había asomado de forma tan dramática a su existencia.

George pensaba que sus diecinueve años eran demasiado pocos para dejarse arrastrar a una aceptación de la enfermedad tan amarga. Las abandonó, las abandonó allí con su dolor y sus recuerdos de un pasado feliz.

Seis meses después de haberse marchado de París Sylvie, una vez superado el rencor, empezó a llamar a su hermano a diario. Cada vez que lo hacía le preguntaba cuándo tenía pensado volver, sin especificar si con ello quería decir para siempre o solo durante unos días. La respuesta de George era, invariablemente, la misma.

—Pronto. —Y ese pronto jamás se había materializado en seis años.

La voz de Sylvie, que sonaba como un lamento, tenía una carga de violencia que superaba cualquier acusación. Abominaba de los miedos de George con más desesperación de la que lo habría hecho en un enfrentamiento directo.

Durante los años en que había estado lejos de casa, George había aprendido a ignorar el sentimiento de culpa y el dolor que había dejado a sus espaldas recurriendo a varias técnicas de evasión.

Oficialmente era un fotógrafo *freelance*. Sacaba fotografías en las manifestaciones, a los trabajadores extracomunitarios en las fábricas, a los intelectuales en las conferencias, y luego las mandaba a las redacciones francesas. Las había vendido siempre sin el menor problema. Antes de que se quedase muda y clavada a una silla de ruedas, su madre era la periodista de izquierdas más estimada de todo París. Los directores de los diarios y los cronistas conocían a George desde que era pequeño y, ya fuese por compasión o por un interés real, ninguno de ellos había rechazado hasta la fecha sus reportajes.

Había empezado a espiar a la gente en el periodo en que vivía en Roma. Mientras deambulaba por las angostas calles de Monti y del Trastevere, alzaba los ojos hacia las ventanas iluminadas y contemplaba los interiores de las casas que las cortinas no lograban ocultar. Observaba a las mujeres que susurraban por teléfono en los balcones; a los hombres solos que trajinaban con varias ollas delante de los fogones con la televisión encendida; a los estudiantes que bebían sentados en unos sofás de piel desgastados; a los perros que esperaban a sus dueños.

Había empleado una técnica de revelado que lograba que las caras resultasen irreconocibles, de manera que daba la impresión de que esas figuras solitarias estaban pintadas en los balcones romanos. Espectros de una ciudad eterna y perdida, gloriosa y sola en su esplendor. También George se sentía un fantasma. Resbalaba por los *sanpietrini*, el típico adoquinado de Roma, dejándose guiar por las hojas de las plantas trepadoras que se aferraban a los muros de los edificios. Desde el principio del tronco hasta el extremo de las hojas, donde estas se encontraban con otras y se mezclaban y empezaba otra planta. Espiaba.

Conoció a Gunther una noche en el Trastevere.

George estaba esperando el autobús en una parada contigua a un puesto de flores; Gunther estaba comprando unos tulipanes amarillos. Iba despeinado, daba la impresión de que sus ojos celestes hubiesen lanzado en su pelo unas descargas eléctricas. Pidió al vendedor que le envolviese las flores con papel blanco.

—Que sea blanco —repitió.

Luego se acercó a la mujer que estaba esperando el autobús al lado de George y le recitó:

No soy hombre de arrepentimientos y me
enamoro de una cara en el metro.
En la mirada y el cuerpo
lo que resta, todo,
un corazón cálido entre la sonrisa y el esternón.

Luego deslizó las flores entre las manos de la mujer de ojos grises y tupidas cejas negras; cuando ella las desplegó, acompañando su gesto de una sonrisa, su rostro pareció transformarse en un jardín primaveral.

Gunther le dijo que era guapísima. Ella volvió a sonreír sujetando vacilante con los brazos el ramo de tulipanes.

—¿Salís juntos? —preguntó Gunther a George.

—No —respondió el otro esbozando una sonrisa.

Gunther pareció alegrarse de la respuesta e invitó a la mujer a beber una copa. Ella se negó.

—¡El bar está justo ahí enfrente! —dijo para persuadirla.

Ella titubeó por un momento, una expresión de halago fluía por su rostro que a George, después de que Gunther se lo hubiese hecho notar, también le parecía hermosísimo. Llegó el autobús, que la desconocida no tenía la menor intención de perder.

Los dos hombres la vieron subir y caminar por el pasillo; los pétalos de los tulipanes acariciaban las caras de los pasajeros. Apenas se sentó lanzó a Gunther un beso con la mano. Él la siguió risueño con la mirada hasta que el autobús dobló la esquina.

Entonces se volvió hacia George.

—¿Y a ti te apetece? Me refiero a beber algo. ¿Quieres?

A George ni siquiera se le pasó por la mente rechazar la invitación.

Empezaron a verse todos los días. Incluso compartieron un piso durante un largo periodo de cuatro meses, hasta que los vecinos empezaron a protestar a causa de los loros y Gunther tuvo que mudarse. A decir verdad compartían muchas cosas: noches enteras insomnes sentados en los mármoles del Gianicolo en las que hablaban de cine, de poesía, de ellos y del pasado, sin jamás hacer referencia al futuro; y las amantes, también a ellas se las repartían, a menudo incluso gozaban de ellas juntos y no tardaban en olvidarse de ellas.

Gunther seguía a George en sus paseos bajo los balcones romanos y en pocos días se unió al proyecto de su amigo francés.

Transcurrían los días entre las aceras y los parques; y las noches en los locales abarrotados en los que Gunther conocía a todos y trababa nuevas amistades sin la menor dificultad.

Acababan invariablemente en casa de alguien bebiendo, tomando ácido o haciendo el amor.

Una tarde de otoño George fue a la estación de Termini y alquiló un coche. Veinte minutos después estaba bajo la casa de Gunther y tocó el telefonillo.

—Vamos —fue lo único que dijo—. Gunther bajó con una bolsa enorme abarrotada de vestidos enrollados, una tienda de campaña y decenas de CD.

Ninguno de los dos podía decir a ciencia cierta por qué motivo emprendían ese viaje improvisado. Lo único que sabían era que debían hacerlo juntos, porque, fuese cual fuese la razón, debían afrontarla, quizá incluso aniquilarla, juntos.

La primera noche se detuvieron en Saturnia, entre Toscana y Lazio. Allí, entre el estruendo de las cascadas y los cantos de los animales nocturnos George descubrió la íntima relación que unía a Gunther con la naturaleza. No pudo por menos que reconocerse a sí mismo que jamás había sido capaz de vivir el mundo como lo estaba viviendo con Gunther. Era el sacerdote de los árboles, el excelso conocedor y amigo de los pájaros, seguía las huellas de los puercoespines, de las comadrejas y de los gatos salvajes con un talento que solo podían poseer los antiguos cazadores de épocas más remotas.

George paseó con Gunther por los bosques que abrazaban la cuenca termal de piedra después de haber pasado toda la noche sumergidos en el agua hirviendo, concediéndose incluso varios minutos de sueño. Fue en uno de esos momentos en que parecían estar bajo los efectos de un narcótico cuando

Gunther abrió de repente los ojos como si un rayo hubiese atravesado las nubes. El sonido de un animal lo sacudió del sueño y él hizo lo mismo con George.

—¿Lo has oído? ¿Lo has oído?

Salieron del agua con la piel arrugada, testigo de la extrema paz que fluía por sus cuerpos, una magia indecente y absoluta. A toda prisa se pusieron los vestidos al contrario.

Gunther siguió el sonido del animal entre los árboles y los arbustos.

—¡Corre! —le ordenaba en voz baja—. ¡Corre! ¡Corre!

George tenía que esforzarse para no quedarse rezagado. Gunther parecía un primate escalando dunas de tierra y aferrándose a los troncos, a las ramas; las zarzas, las hojas y el barro no eran un obstáculo.

Al cabo de unos minutos George notó que su amigo iba descalzo. En la oscuridad reinante una estrecha franja de luna iluminaba débilmente sus pies. Las heridas y la sangre brillaban sobre su piel blanca.

George pensó que Gunther parecía un unicornio: un animal mitológico y real al mismo tiempo, terrenal y celeste, vulnerable a la vez que inmortal. George actuó movido por un impulso. Arrastrado por la naturaleza, que le había hecho perder el juicio, reconciliado por fin con el sentido de las cosas, se abalanzó sobre el cuerpo de Gunther y lo besó apoyando su espalda lisa sobre la corteza rugosa y mojada. Abiertos a los árboles y a la vida que resplandecía alrededor, tan salvajes como los animales que escuchaban y espiaban distraídos a esos dos hombres, a esos dos amigos, se amaron como si la fusión de sus cuerpos blancos obedeciese al consejo de las estrellas. Mientras George colmaba de calor las vísceras de Gunther, la naturaleza parecía aplaudir el acontecimiento.

Chocaron contra las hojas y el barro, y se rieron con un hilo de voz.

No hablaron de lo que había ocurrido entre ellos, y no fue por vergüenza o remordimientos. Durante el mes sucesivo se besaron cada vez que sintieron el deseo de hacerlo.

Viajaron al norte de Italia, cruzaron los Alpes, costearon las playas del sur de Francia y después decidieron proseguir hacia el sur, hacia España.

Aturdidos por el bochorno ibérico, que perduraba hasta bien entrado el otoño, consumieron todo tipo de drogas olvidándose de sí mismos y del tiempo, pese a que estaban irremediablemente perdidos en sí mismos y en el tiempo.

Sometidos al Lucifer negro en Madrid fumaron la heroína que habían encontrado en casa de unos estudiantes vascos con los que habían trabado amistad una tarde. Conocieron a una drogadicta con unas trencitas pelirrojas que se desnudó delante de ellos y les pidió que la follaran por turnos.

En Barcelona, en una nave en que se celebraba un festival de música electrónica se tragaron varias pastillas de ácido.

George vio a su madre.

Como si estuviesen delante de un fuego sagrado, todos bailaban alrededor de ella, que permanecía sentada, rígida y melancólica, en su silla de ruedas. Algunos sacaban la lengua y la pegaban a sus orejas, otras se desnudaban y la abofeteaban con los pechos, la tocaban, la acosaban, se mofaban de ella. Aprisionado por el aturdimiento, George no podía hacer nada para salvarla de tamaña violencia.

Un joven delgado con un gorro donde figuraba escrita la palabra «SEXO» la penetró ante sus mismos ojos. A George le pareció sentir la piel de su madre contra sus manos, pese a que no la estaba tocando. El aroma que emanaba de ella lo envolvía, semejante a una mano enorme y pesada que lo empujaba hacia abajo. Se hundía progresivamente, cada vez más rápido. Clavado en el pavimento negro, ya no veía a su madre ni a Gunther, ni sus manos, le resultaba imposible encontrar incluso su cabeza, su pelo. Era aire, era viento, se sentía colmado de una alegría desgarradora y feliz.

Se despertó al cabo de un tiempo indefinido. A su lado, Gunther roncaba empapado de sudor.

La camisa de George tenía unas manchas que parecían salpicaduras de vómito. Olfateó, era vómito. Salió de la tienda y vio el letrero rojo de un Autogrill. Las manchas se perseguían por el pavimento incandescente. Vio de nuevo el rostro de su madre, solo que esta vez no fue una alucinación.

Eligió entre sus recuerdos su cara más hermosa, la que veneraba cuando, siendo niño, la observaba mientras ella meditaba delante de la máquina de escribir con la frente arrugada, pescaba un cigarrillo del paquete y fumaba haciendo tintinear las decenas de pulseras que llevaba en la muñeca. Cuando recordaba que estaba a su lado se volvía hacia él y le dedicaba una sonrisa infinita que George jamás había vuelto a reconocer en otra persona.

Desentumeció las piernas, entró en el bar contiguo a la gasolinera y en tanto daba sorbos a una taza de café hirviendo escribió una nota: «¡Nunca te olvidaré!».

La metió bajo el pecho de Gunther. A continuación salió a la calle y echó a andar. Caminó durante una hora. Pidió a un camionero llamado Amarillo que lo llevase lo más cerca posible del aeropuerto. Siete horas más tarde estaba en París.

Y dos años más tarde seguía allí, en Montmartre, reflexionando sobre la llamada telefónica que había recibido de Gunther.

No habían vuelto a hablar desde el día del Autogrill de Barcelona, pero George lo sabía: Gunther era capaz de enamorarse rendidamente de alguien que luego olvidaba en unas pocas semanas, días incluso.

Durante todo ese tiempo ninguno de los dos había hecho nada para verse.

Esa tarde Gunther había llamado por teléfono a George y los dos amigos habían hablado como si no hubiesen pasado todos esos años.

George decidió que no le vendría mal ausentarse de París por un par de semanas.

No sabía que se trataba de una nueva fuga.

TRES

I

El esperma que se detiene presiona contra el muro
el esperma que no muere padre impotente
madre mujer virgen sangra repisas quirúrgicas
«su hija era virgen».
Basta un espéculo frío para quebrar infancias

$\qquad\qquad\qquad\qquad\qquad$ *[prolongadas.*

II

Nazco en diciembre de noche
nariz mejillas rojas.

III

Las visiones previas a las palabras.
Me llaman niña muda
niña de piedra
marmórea con mis vestidos lilas y blancos

huyo de los niños y estoy con los mayores.
Los espíritus son mayores que los mayores
los prefiero a los mayores.

IV

Dios y yo no nos llevamos bien.
El sacerdote en la ventana.

05:36. La única fuente luminosa procedía de la campana que estaba sobre los fogones de la cocina. De la luna no había el menor rastro.

Larissa tiró la botella vacía de vino, preparó el café y fue a buscar el tabaco.

Colocó la taza y el cenicero en la mesa, al lado de su cuaderno, sus manos agitadas buscaban un orden maniaco, abrió el cuaderno y leyó los pocos versos que había escrito.

«El sacerdote en la ventana». ¿Y qué más?

Qué más, mañana.

Cerró el cuaderno y dio un buen trago de café, que le quemó la lengua. Se encendió un cigarrillo.

Abrió de nuevo el cuaderno.

Exceptuando la cogorza y unos raros instantes de entusiasmo por una idea que se le había ocurrido repentinamente por casualidad, de ese trabajo no había salido nada bueno. Esa noche se había aplicado en la mesa de la cocina a escribir todo lo que se le pasase por la cabeza, con tal de escribir. Un propósito que, a medida que avanzaba, le parecía cada vez más insano e infructuoso. No encontraba ningún sentido en sus palabras y, aun en el caso de que lo hubiesen tenido, ¿qué sentido tenían a fin de cuentas las palabras? ¿De qué estaba disfrutando? ¿Qué privilegios sacaría de ello?

Dada la imposibilidad de seguir adelante, y mientras bebía el último sorbo de café, decidió lo que debía hacer: hablar de su límite, del defecto que la mantenía suspendida con la aparente imposibilidad de tomar una determinación.

Lo haría. Mañana.

Deambuló por el salón, la sábana blanca que había sobre el sofá le refrescó su piel caliente. ¿Qué había cambiado? Tenía la impresión de que, en el pasado, la necesidad de estar en las palabras había sido tan fuerte e imprescindible que no había dado cabida a las dudas. En ese momento ya no sentía ninguna urgencia e incluso cuando estas eran más apremiantes no lograba hacerlas salir por el bolígrafo.

La poesía ya no estaba dispuesta a curarla.

Escribiría sobre su fracaso.

Mañana, sin embargo.

Hasta el piso, vacío y silencioso, amenazaba su integridad. La sensación de vacío había excavado agujeros alrededor de ella, amplias vorágines que la hundirían a saber dónde, bastaba con hacer pie.

Se arrastró hasta el cuarto de baño y se enfrentó a unos ojos pequeños y circundados de morado, a una tez enrojecida y picada, a unos labios contraídos que olían a amargura. Se lavó los dientes.

Después de Leo solo había acogido en su cama a varios hombres. Acababan allí por casualidad, desesperación, soledad o curiosidad; fuese lo que fuese no se habían demorado en ella más de tres días. Todos ellos se comportaban como los gatos que, para agradecer el amor que les manifiestas, te regalan los animalitos que cazan y matan por pura diversión; casi todos dejaban un rastro al marcharse: ropa interior, prendas de vestir, cepillos de dientes y máquinas de afeitar, un testimonio de esas formas de ilusión de las que ahora se nutría Larissa.

No existían necesidades ni exigencias. Agotaban la pasión en un puñado de días y se separaban sin mediar palabras o lágrimas, obedeciendo a una trayectoria tan natural como indolora.

Echó una ojeada al enésimo cepillo que se erguía desolado en medio de los restantes, también huérfanos y con las cerdas consumidas.

Larissa sabía quién había sido su dueño. El resto ya no lo asociaba a ningún nombre.

En el ínterin que se había producido entre la llegada de Gaetano y su abandono, Larissa se había dedicado a una nueva práctica que, tal vez, ocultaba el temor, más tarde confirmado, de no llegar a poseer nunca de verdad al hombre que le procurase un placer desconocido. Un hombre en cuya boca y pecho pudiese orinar como un felino que conquista su territorio.

Lo había querido y su ausencia reclamó un amor del que Larissa creía no tener ya necesidad. Tapó con argamasa de mala calidad las grietas que había abierto su partida, su abandono. Sabía que era la mejor manera de extraviarse, además de la única para sobrevivir.

Llenó su cuerpo de desesperación.

Las piernas paralizadas por la necesidad de resistir. Resistir dobladas, resistir extendidas. Los costados disfóricos admitían la pertenencia total a la vida, y a continuación a la muerte, se alzaban para luchar, se mecían hacia delante y hacia detrás cuando se aproximaba el final.

Cerraba los ojos, encastrados en el muro blanco del rostro, para negar su presencia; cuando los volvía a abrir había vomitado toda la desesperación.

Sus manos aferraban, apretaban, golpeaban y encadenaban otras manos. Sentía que una fuerza suprema partía de sus muñecas y llegaba a sus uñas, que arañaban y hacían presión sobre pieles desconocidas.

Luego la desesperación se cerraba, estallaba y se cerraba, en un goce que se plegaba y moría en su figa, marchitando en su tallo en apenas unos segundos.

Y la desesperación seguía allí.

Un cuerpo tumbado a su lado, desesperado, desesperados los olores sobre la cama.

«Está furioso», había pensado mientras hacía el amor con Gunther.

Con él no había sentido la separación. Por primera vez, después de muchos amantes, había encontrado un espejo. Una correspondencia, una fusión entre el altruismo y el egoísmo, entre la ausencia y la presencia. Larissa no había pensado ni un solo instante en el sexo o en el amor, fluctuaba en otro lugar que no tenía nada de extático ni de espiritual. Estaba sola, tal y como se sentía en todo momento, y, sin embargo, él estaba a su lado y lograba percibir su fuerza vena contra vena.

Todos se habían asomado a mirar: Leo, Gaetano, el americano, todos habían estado allí, todos se habían marchado y la habían abandonado.

Con Gunther sucedería lo mismo, había pensado mientras él expulsaba en su interior el esperma caliente que le había helado la sangre, y ese pensamiento se clavó entre las costillas y el esternón, justo donde, en secreto, confiaba en no perderlo nunca.

Cuando se había marchado a la mañana siguiente había sufrido una gastritis nerviosa.

Le sucedía siempre que hacía el amor sin sentir realmente el deseo, cada vez que lo usaba como un arma contra sí misma, como un escudo que la protegía de los demás. Su barriga se hinchaba, colmada de pensamientos viciados que se apiñaban entre el esófago y el estómago obstruyendo los conductos, unas nubes negras que se condensaban en ese punto liberando durante un tiempo la mente y protegiendo el corazón.

La tocó: era una piedra durísima.

La manta ensangrentada yacía sobre el suelo que había sido testigo del error. Ni siquiera la rozó por temor a equivocarse de nuevo.

El primero en quien pensó fue en Leo.

No quería herir a su exmarido, jamás había deseado vengarse de él.

Habían hablado de Gunther varias noches antes de separarse. Con unas novelas extranjeras bajo los ojos, tapadas por las sábanas, al leer la palabra «kamikaze» había recordado la pelea que habían tenido.

—¿No echas de menos a Gunther? —le había preguntado.

Él había exhalado un suspiro.

—No.

—¿De verdad eres capaz de perder a un amigo por cuestiones de política internacional? ¿De verdad, Leo?

Larissa había aprovechado el silencio que él había elegido como respuesta para vomitarle todas sus frustraciones.

—Siempre haces lo mismo. Siempre pones a los demás, a los desconocidos, a los ideales, a lo que sea por encima de quien te quiere.

Él había dejado el libro que estaba leyendo; el título que figuraba en la cubierta era *Z-La orgía del poder.*

Había suspirado de nuevo.

—Ahora no tengo ganas de hablar —había dicho con un tono que sonaba terminante.

—Lo sé. *Z-La orgía del poder* antes que Gunther, que yo, que nosotros. Sí, lo sé, es obvio, está claro como el agua.

Larissa había cogido de nuevo la novela y había simulado que leía. Al cabo de dos minutos Leo había visto volar el libro de su mujer por encima de la cama y caer al suelo con un ruido sordo, definitivo.

—Loca —le había dicho sin apartar la mirada de sus líneas rebosantes de compromiso político.

Ella había oído a su voz que pedía a su marido, por última vez, lo que llevaba proponiéndole desde hacía varios años.

—Quiero un hijo por encima de todo.

La respuesta de él había sido la habitual: un resoplido y una negación.

Larissa perseguía cansada sus anhelos. Le parecía que esa persecución únicamente servía para acrecentarlos, crecían con el pasar de los años debido a la imposibilidad de realizarlos.

El motivo de su marido era evidente, aunque completamente ilógico.

—Somos ya demasiados —sostenía—, traer a un nuevo ser humano a este mundo supone destinar a la muerte definitiva a este planeta.

Ella consideraba sumamente ofensiva la inconsciencia que demostraba acercando de esa manera la vida a la muerte. ¿Acaso el nacimiento de una persona comprometía la vida de miles de otras? ¿De verdad era así? Para calmar sus afanes maternales y el rencor que sentía hacia Leo, Larissa no había tardado mucho en pensar que tenía razón. Comprendía las razones de Leo, las engullía como caramelos.

Pero, cuando se había dado cuenta de que renunciar a sus necesidades le suponía un esfuerzo mucho mayor que entrar al trapo, había explicado a Leo que la relación que los unía había llegado a su fin. Él se había mostrado de acuerdo.

Gunther era el pasado. Pertenecía a un periodo de su vida del que, si bien no renegaba, al contrario, incluso lo añoraba en cierto modo, Larissa quería deshacerse cuanto antes y de la forma menos dolorosa posible.

Se trasladó a la cama.

Obligó a los ojos a que se cerraran, apretó los párpados, imaginó unas líneas verticales en las comisuras. No podía permitir que su cuerpo hiciese lo que ella se negaba a hacer. Era su cuerpo, de manera que debía obedecerla sin rechistar. No obstante, este parecía expandirse por el mundo como quería ignorando por completo sus llamadas.

Larissa quería dormir; su cuerpo no.

Lo secundó una vez más.

Regresó a la cocina y abrió el cuaderno.

Volvió a leer los versos inútiles. Por la puerta del comedor asomaba una punta de la manta.

Se sentía acosada, agredida por las paredes, por las flores que estaban sobre la mesa, por el sonido de los bongós africanos que entraba por la ventana y que cubría el aire como la lana.

Prefería perder a Gunther a seguir atormentándose.

Llamó a Gaetano y se sintió desesperadamente pequeña, ínfima, cuando le confesó lo que quería.

—Me apetece follar —le dijo. El sí de su amigo le pareció más brutal que la negativa que se esperaba.

Durmió quince horas sin despertarse ni una sola vez.

Cuatro

Y... El sentido del tiempo. Si el tiempo tuviese un sentido para todos, todos adquirirían sentido. Por eso. ¿Qué habéis venido a hacer aquí? Juzgadme y matadme. El hecho de que no seáis culpables no me concierne.

—Gunther —lo llamó alguien—. ¡Gunther!

Era su amigo alemán, el que llevaba unos sombreros ridículos.

Sabía pronunciar bien su nombre, su acento era intachable.

—Gunther... —repitió.

—¡Eh! —contestó Gunther—. Dime.

—¿Qué haces tú delante del espejo, Gunther?

—Me reflejo.

—¿Y por qué tú hablas delante del espejo, Gunther?

—Me hablo.

Su amigo alemán no entendía muchas cosas.

—Johannes —dijo Gunther—. ¿Por qué no me ofreces un vodka con limón? Vamos, invítame a un vodka con limón, Johannes.

Johannes pagó un vodka con limón.

Gunther tenía una pajarera en su azotea. Dentro había cincuenta loros. Veinte loritos más vivían en unas cajas pequeñas de madera que había desperdigadas por su dormitorio, la cocina y el comedor.

—Johannes —le dijo—, ¿quieres uno de mis loros?

Estaban sentados a una mesa que había en el centro de la sala. Johannes le robaba la visual: una rubia con la cara demacrada a la que acompañaban otras tres rubias. Ninguno de los tres lograba divisarlas.

—¿Y qué hago yo con un loro?

—Johannes... ¿Que qué haces tú con un loro? Puedes llevarlo en el hombro, jugar con él, darle de comer, o dejar que vuele por la casa y se cague por todas partes. Eso es lo que puedes hacer, hermano.

El vodka con limón que había dentro del vaso de Gunther se había acabado. Debería haber pedido otro a su amigo. U otra bebida por ocho euros, o un loro por doscientos cincuenta. Tenía que establecer las prioridades.

—Johannes... ooooh... Johannes. *Oh, embe'? Che stai a guarda'?** —Alargó el cuello, Johannes estaba sonriendo a la rubia—. ¿Me preparas ese vodka con limón, hermano?

—¿Has venido sin dinero?

—¡No sabes lo que me ha ocurrido! Cogí un taxi, ¿sabes? Pues bien, me puse a hablar con el taxista, le di mi tarjeta de visita, que estaba dentro de la cartera, y luego la dejé sobre el asiento. La cartera.

—No puedes ir por ahí sin cartera. ¡Ve a la polizai por pérdida!

—Polizai, claro, polizai. Por los clavos de Cristo, Johannes, hace seis años que vives en Roma, ¿cómo es posible que todavía no hables bien italiano?

—Yo hablo italiano, Gunther.

---

* Dialecto romanesco. «¿Y bien? ¿Qué miras?». *(N. de la T.)*

—Hostia, Johannes, en la cartera había medio gramo de cocaína. No puedo denunciar la pérdida.

—Pero ¿no se había acabado la cocaína?

—¿Se puede saber qué estás diciendo, Johannes?

—¿Tú con la cocaína no habías terminado?

—Sí, por supuesto. De hecho ese medio gramo llevaba varios meses en la cartera. Un souvenir, Johannes, un souvenir.

—¿Entonces? ¿No denuncia?

—Pues no, Johannes, no se puede denunciar.

Gunther escrutó el sombrero de su amigo. Era un bombín negro con una banda roja sujeta por una flor blanca. Soltó una sonora carcajada. Johannes parecía molesto.

Gunther fue al servicio. Al pasar junto a la barra saludó a cinco conocidos, que le presentaron a una sexta que estaba con ellos. Una mujer robusta con el pelo rizado y unos ojos grandes y alargados. «Nada mal», pensó Gunther, pero al cruzar el umbral del baño se había olvidado ya.

Mientras se bajaba la cremallera se le ocurrió que sería divertido hacer una apuesta: si centraba el agujero haría de nuevo el amor con Larissa; si, en cambio, mojaba los bordes de la taza, no la volvería a ver.

Cerró los ojos.

Oyó que la orina se hundía en el agua del váter. Esbozó una sonrisa.

Abrió los ojos y comprobó con satisfacción que la taza seguía limpia.

Se miró al espejo, arqueó las cejas, abrió los ojos de par en par y los cerró.

«¿Cómo estoy? ¡Estoy bien! Me gusto».

Sacó unas gafas de sol de la chaqueta y se las puso.

«¡Me gusto mucho!».

—Gunther, tuya vodka lleva más de media hora en la mesa.

Gunther resopló.

—Johannes, a ver cuando dejas de dar la coña y te metes en tus asuntos. Cada vez que estoy en el servicio, *frate**...

Johannes se encogió de hombros.

—¿Quieres oír uno de mis poemas, Johannes?

Johannes repitió el gesto que acababa de hacer.

---

* Dialecto romanesco. «Hermano». *(N. de la T.)*

—Eres un verdadero coñazo, Johannes, un verdadero coñazo.

Gunther pensó en George. Con él era diferente. Con él era fácil ser uno mismo sin sentir miedo alguno.

George tenía la habilidad de secundarlo sin imitarlo, de seguirlo manteniendo sus caminos separados, de manera que pudieran encontrarse solo cuando ambos sentían la necesidad.

—¡George! ¡Coñogeorge! ¡George! Tenemos un buen problema, Johannes.

Sus manos se movían frenéticas, tocaban repetidamente los grifos del lavabo sin decidirse a abrirlos.

—¿Va todo bien? —preguntó Johannes apoyado en el marco de la puerta. No estaba acostumbrado a las manifestaciones de ansiedad.

A Gunther le divirtió ver a su amigo alemán tan aturdido y exageró su frenesí.

—Por los clavos de Cristo, Johannes, no sabes... Dios mío... es terrible, es muy grave.

—Si te refieres a la cartera es irremediable. Quizá el taxista haya inhalado ya la cocaína.

—Adiós, Johannes. Nos veremos por ahí.

El alemán no era un hombre al que uno podía enfrentarse. Observó a Gunther mientras este abandonaba el local seguido de decenas de ojos intrigados.

Gunther se plantó en medio de la avenida Trastevere y paró un taxi. Llegaron al aeropuerto de Fiumicino en menos de media hora corriendo por las carreteras nocturnas de la gran circunvalación.

Abrió la cartera. Johannes había picado el anzuelo, como de costumbre. El último billete que le quedaba era amarillo, quinientos euros. El taxista le preguntó si no tenía más pequeños.

—Pues no, hermano... ¡Oh! ¿Puedes esperarme aquí fuera? Entro, recojo a una persona y vuelvo enseguida. Nos tienes que llevar de vuelta a Roma, así te pagaré todo a la vez.

El taxista se mostró de acuerdo.

Gunther se apeó a toda prisa del coche y galopó hacia los vuelos internacionales. El borde del impermeable se le quedó enganchado entre los cristales de la puerta corrediza.

«¡Maldita sea! ¿De quién es ese pelo? ¡Pero si es el mío!».

Luego, un paso tras otro, se dirigió hacia el bar.

—Un *shot*, solo uno —dijo.

El alcohol resbaló por la lengua, le quemó la garganta.

Una gota cayó desde el cristal sobre uno de sus dedos.

La sangre de Larissa seguía allí desde la noche anterior. Gunther chupó todo lo que quedaba de ella entre las sutiles arrugas de la yema.

Delante de la puerta de llegadas empezó a mover las manos escandiendo el ritmo de los versos que se arremolinaban en su mente.

....

....

...

... ..

....

... ..

«¿?».

«¡!».

«:-)».

«:-D».

«Sí».

Cuando George vio a su amigo tuvo que contenerse para no dar media vuelta, subir de nuevo al avión y regresar a casa. Se sentía polvoriento, envejecido de golpe.

—¿Qué haces, Gunther? —preguntó la voz de George a espaldas de él.

—Compongo una poesía, amigo mío —contestó Gunther sin volverse.

George rodeó su cuerpo hasta que se encontraron cara a cara.

—George y yo... —dijo Gunther.

«George y yo», pensó Gunther; era una bonita frase que decir, un bonito cumplido que recibir.

George y él, Gunther, allí, en el aeropuerto Leonardo Da Vinci con cuatrocientos noventa euros en el bolsillo, el pelo de Gunther semejante a una bandada de golondrinas, un amigo recién aterrizado de París que olía a güisqui y a miedo, que decía «Gunther» con la erre francesa, con el pelo rizado, rubio y largo; los ojos verdes; y el cuerpo elástico, largo, liso y blanco como una sábana.

Gunther se sintió de nuevo atraído como la noche del Trastevere, cuando lo había visto esperando el autobús.

—Había olvidado tu manera de componer poemas —dijo George risueño.

Gunther lo acompañó al taxi y se lo presentó al taxista.

—¿Ves como he vuelto? Te presento a George.

—Yo me llamo Leonsio, pero se escribe Leoncio —contestó el taxista revelándoles su nombre.

Gunther y George rompieron a reír sonoramente en tanto que bajaban las ventanillas, el calor era sofocante, inusual para la estación.

El taxista los dejó en el mismo lugar en que Gunther se había despedido de Johannes. Vio su sombrero antes de cruzar la calle, se balanceaba, absorto en una conversación. Johannes no se dio cuenta de que se precipitaban a los servicios.

Gunther cerró la puerta con llave, se metió una mano en un bolsillo de los pantalones y sacó un folio blanco doblado en cuatro partes. Lo abrió. La cocaína estaba allí.

Puso dos rayas sobre la palabra «CESAME» que estaba escrita en el lavabo de esta marca.

—Es tuya —dijo a George, quien se inclinó y aspiró todo el polvo.

—¿Tú no tomas nada? —preguntó después a Gunther sintiendo que un picor le anestesiaba la nariz.

Gunther hizo un ademán seco y definitivo con las manos.

—Me despedí de ella para siempre hace tiempo.

Una vez en la barra saludó a los mismos amigos que había visto hacía unas horas, y presentó a George a todos. Había una joven nueva, decían que era sueca, si bien hablaba inglés. Gunther pidió a su amigo francés que le tradujese lo que decía, pero George intervino inmediatamente en la conversación y resolvió una invitación a cenar solo. A Gunther le daba igual.

George tenía los ojos hundidos y las mejillas flácidas. Gunther le acarició el pelo.

—Ven, quiero presentarte a un chiflado —le dijo en tanto que lo obligaba a sentarse al lado de Johannes.

Los dos no tenían nada que contarse, pero de cuando en cuando sonreían con complicidad mientras Gunther intentaba ligar con la rubia que tenía la cara picada.

Volvieron a casa a las siete de la mañana. A las ocho Gunther estaba desnudo en el balcón ocupado en llenar de cereales los cuencos de los loros.

Se fue a la cocina, hojeó las primeras páginas de una edición de *l'Unità* del año anterior, se sentó a la mesa donde comía hacía varios años, preparó un café, se lo bebió, abrió el aparador esperando encontrar unos huevos, en lugar de eso vio el vino, bebió medio vaso, se fue a orinar y se volvió a dormir con el móvil en la mano, con las primeras palabras de un mensaje que no había logrado terminar en la pantalla: «Sabes cuando te digo que».

Se despertó de golpe al cabo de una media hora, sacudido por un sueño en el que George y Larissa cabalgaban desnudos por el desierto a lomos de un camello.

La imagen de una rubia desconocida aprovechó su insomnio para sugerir un deseo a Gunther.

Se masturbó.

Se volvió a dormir.

En una cama grande y vacía Larissa pensaba que, después de Leo, ningún hombre iba a poder cumplir con los deberes de enamorado, que ningún hombre iba a desempeñar el papel de amante como lo había hecho el que había dejado su cepillo de dientes en el cuarto de baño, Gaetano. La castidad no le iba y la promiscuidad parecía el único camino a seguir. Estaba atrapada en una cadena de infinitas y constantes negativas: quien le daba su amor le negaba el deseo, quien la dejaba chapotear en el deseo le negaba el amor. Pensó que con Gunther no había tenido ni lo uno ni lo otro; se dio cuenta de que había sido el aburrimiento el que la había hecho acabar entre sus piernas, el consabido guion de una escena ridícula.

Alisó las sábanas oscuras e intentó refugiarse en el sueño. Ya pensaría en eso mañana.

George acababa de conciliar el sueño cuando los loros dejaron bien claro que ellos, por su parte, ya se habían despertado; un autobús se detuvo justo debajo de la ventana y abrió sus puertas para que se pudiesen apear varios pasajeros. Tenía la impresión de que caminaban por su cabeza. Se tapó su cabellera rubia y rizada con la almohada. Hacía ya un tiempo que todo le crispaba; el timbre del teléfono, el sonido que avisaba de la llegada de un mail, las frases entrecortadas que oía al azar por la calle, las caras, tanto conocidas como desconocidas.

Lo mismo le sucedía con Gunther. En la austeridad agotadora de sus jornadas parisinas había esperado ese encuentro durante toda una semana. Había deseado poder perderse en las palabras ciegas de Gunther, en las noches enloquecidas, ahogarse en un mar de carne humana estúpida e insensata, atiborrada de sustancias químicas, chorreando alcohol. Después de dos años de soledad aliviada por unas inocuas semillas de afecto que no lo habían herido ni aturdido, ni siquiera conmovido, George experimentaba una inesperada e inalienable intolerancia, incluso hacia Gunther. Puede que no estuviese preparado para sus estallidos de palabras y carcajadas, para sus andares de centauro durante los cuales las piernas daban la impresión de ir a devorar la calle de un momento a otro. George no estaba preparado para la vida.

Decidió que se marcharía al cabo de un par de días. Quería silencio.

Se durmió.

CINCO

Desde que Larissa había dejado de vivir con Leo, su madre la llamaba a diario para informarse sobre su estado de salud. Aseguraba que no le gustaba su aspecto.

—No me puedes ver, mamá —le respondía Larissa.

Ella sostenía que era su madre y que no necesitaba verla para saber que estaba mal.

—No estoy mal.

—Te estás consumiendo. Estás fea —sentenciaba.

Las llamadas acababan invariablemente en una pelea, de manera que Larissa llevaba ya siete meses negándose a verla. Larissa se imaginaba que, cuando se encontrasen, su madre le tocaría el pelo y le diría que lo tenía seco. «¿Y esos granos? No los cuidas como deberías». Seguro que le diría eso.

Eran las ocho y media de la mañana, Larissa había logrado dormirse hacía tan solo unas horas. Alargó la mano para coger el móvil que estaba sobre la mesita de noche y que sonaba desde hacía un buen rato.

—¿Qué pasa, mamá?

—¿Por qué no me abres? Hace veinte minutos que te estoy llamando. ¿Dónde estás?

A continuación la vio en su piso inundado de luz.

En las habitaciones todavía estaban desperdigados los restos de la fiesta de cumpleaños que había organizado Gunther. También la manta ensangrentada seguía allí.

Larissa oyó los tacones de su madre agredir el pasillo. La pilló de espaldas, esa espalda materna que odiaba, tan tensa y erguida, que le hacía sentir deseos de despedazarla. Ostentaba una seguridad que Larissa sabía de sobra que no tenía, la espalda representaba la idea de que su madre se había hecho a sí misma. Su madre y la espalda eran dos identidades diferentes, unas vértebras que sostenían una estructura blanda y frágil.

—¿Qué quieres? —le preguntó.

Su madre se volvió de golpe.

—Que me saludes —dijo mientras se encaminaba hacia el salón.

Se detuvo en la puerta y lanzó un grito. Larissa siguió su mirada, que se había posado sobre la manta ensangrentada.

—Un amigo se rompió la nariz —explicó.

Su madre la creyó. Quiso saber los pormenores. Larissa se inventó una historia inverosímil, pero su madre había dejado de escucharla. Vio que se metía en la cocina, la observó en silencio en tanto que controlaba los tarros de cristal que había sobre las repisas. Cogió el del café y llenó la cafetera. Se encendió un cigarrillo, se acercó a la mesa y abrió el cuaderno de Larissa. Leyó los primeros versos y cuando llegó a la palabra «madre» sus ojos se enternecieron, inclinados hacia abajo, y se anegaron.

—¿Qué te ocurre ahora? —preguntó Larissa.

La madre la miró con dulzura y sus ojos revelaron con claridad lo que pensaba.

—No me gusta lo que estás pensando —dijo Larissa.

—¿Por qué? ¿Qué crees que estoy pensando?

Larissa se sintió molesta. No empleó ni delicadeza ni ternura.

—No escribo sobre ti porque te quiero y no puedo pasarme sin ti. Hostia, mamá... que te den por culo.

Las dos callaron.

Larissa se sintió con derecho a proseguir.

—El hecho de que te mencione en mis poemas se debe a una sola razón: no te soporto más. Jamás te he soportado. Eres una persona pesada, entrometida, egoísta, ávida de afecto y... llamas, te presentas aquí..., basta.

Vio que su madre se sentaba. Quería continuar, hundir el puñal hasta el fondo. También podía coger una silla y tirarla contra la pared. Asustarla, obligarla a escapar.

—¿Ves? Sabía que no estabas bien. ¿Por qué no vas a hablar con mi psicóloga? Es buena. Y, además, dado que ya no estás con Leo, ¿por qué no dejas este piso y vienes a vivir conmigo? ¿O prefieres que me mude aquí? La casa es grande, estaremos de maravilla —dijo escrutándola con la misma falsa seguridad con la que caminaba.

Larissa echó un vistazo a sus ojos y a continuación desvió la mirada hacia el objeto más próximo: un jarrón de cristal lleno de agua hasta la mitad. Dentro había unas flores silvestres. Lo agarró y lo lanzó al suelo. El cristal era grueso y no se rompió, pero el ruido que hizo al caer fue considerable y, en cualquier caso, el jarrón se resquebrajó por varias partes. Su madre dio un salto en la silla y gritó el nombre de su hija.

Larissa se precipitó hacia los fogones, el café estaba salpicando por todas partes.

Su madre se abalanzó sobre ella aferrándola por los hombros. La abrazó violentamente.

—Soy la única que puede ayudarte, la única que puede quererte, soy la única que te quiere, los demás nunca te querrán.

Larissa revivió varios instantes de las tardes que apoyaba la cabeza de su madre sobre sus muslos infantiles y la obligaba a chupar la leche de la punta de un bolígrafo. Su madre mamaba y se manchaba los labios de tinta.

—Y ahora a dormir —decía luego Larissa a la vez que entonaba alguna canción balanceando ligeramente las rodillas.

Apenas su madre se quedaba dormida salía corriendo al balcón, miraba a la gente y, cada vez que veía pasar a un transeúnte, se preguntaba cómo se llamaría, adónde se dirigía y cuál sería su trabajo. Con los brazos secos y blancos colgando de la barandilla miraba y se imaginaba su cuerpo tumbado en la calle, a sus pies, con la cabeza ensangrentada y los músculos inermes. Su madre no se habría enterado enseguida de que había muerto porque dormía. Habría pasado su tía, que todas las tardes, a las cuatro, se paraba bajo el balcón para saludarla, y la habría visto, habría llamado a su hermana, a la ambulancia y, después, la salvación. Pero ¿y si su tía se hubiese saltado la cita justo ese día? ¿Se fiaba suficientemente de los transeúntes? ¿Habrían notado su cuerpo inmóvil sobre el asfalto? Todos habrían pasado de largo, pisoteándola. Convencidos de que estaba muerta, no habrían demostrado el menor interés por ocuparse de un cadáver.

Después llegaba realmente su tía y se saludaban.

—La mamá está durmiendo —decía, y entraba de nuevo en casa, era la hora de los dibujos animados.

De su infancia solo recordaba esas tardes indolentes que pasaba entre visiones, dibujos animados japoneses y madres niñas. También recordaba la frase: «Los demás nunca te querrán».

Había crecido con ese convencimiento, durante años había pensado de verdad que nadie la querría nunca y que el resto del mundo solo pretendía herirla. Larissa se había alejado cada vez más de su madre, a la que consideraba la única responsable de su falta de equilibrio afectivo, de su desasosiego.

—Vete —silbó.

Su madre no tenía la menor intención de marcharse del piso. Larissa la echó a empellones. Se hicieron daño en los brazos, las tibias chocaron contra la pared, la obligó a salir por la puerta, su madre gritaba y se debatía, la insultaba y agitaba el aire con las manos tratando de pegarle.

Larissa logró sacarla a rastras al descansillo, entró a toda prisa en el piso y le cerró la puerta en las narices. Escuchó lo que sucedía al otro lado, su madre pateaba la puerta a la vez que soltaba una retahíla de insultos.

Volvió a la cocina y arrancó todas las hojas del cuaderno, le ardía la garganta, los brazos y las piernas acusaban el esfuerzo nervioso.

De no haber sido por su madre ese día habría ordenado sus pensamientos. Habría ubicado a Gunther en el lugar que ocupaba antes, en el almacén de los recuerdos, junto al resto de los hombres que pretendía dejar atrás, amontonados en la estancia de la memoria, protegidos por unas puertas de hierro y unas paredes de caucho.

De no haber sido por su madre habría escrito algo excepcional. Quizá habría decidido dejar el vino y la coca ese mismo día. Habría hecho grandes cosas, habría dado pasos de gigante, podría haber sido el día de las grandes revoluciones.

Últimamente no recibía nada de trabajo. En el banco apenas si le quedaba para pasar una semana.

Los gatos, hambrientos, reclamaron su comida.

No tenía nada para ellos. Buscó una lata de atún, un ala de pollo, pero la despensa estaba vacía y lo único que sobrevivía en la nevera eran varias cervezas, dos latas de Chinotto y medio limón seco. Los gatos lloriquearon durante unos minutos más y luego se tranquilizaron, conscientes de que ella se encontraba en la misma condición.

Miró alrededor. Se preguntó qué le podía costar más esfuerzo: ordenar las habitaciones que seguían en el mismo estado en que habían quedado después de la fiesta, o lavarse, vestirse, bajar a la calle, ir al mercado y comprar un poco de comida para ella y los gatos con las cuatro perras que le restaban. Titubeaba.

Sacó una caja blanca de cartón del armario, su caja mágica.

Cogió las marsellesas, mezcló las cartas siete veces, las extendió con la mano sobre la mesa y eligió siete.

Cuatro espadas y, al lado del Carro, el Diablo y la Justicia. Invitaban a encerrarse en casa, pero, al mirarse las manos, se dio cuenta de la enorme energía que rebosaba de ellas, todavía sentía en la piel el calor de la piel de su madre que, por descontado, no le traería nada bueno.

Incapaz de gobernar los números confió en los dados.

Lanzó cinco, tras rodar por la mesa todas las caras mostraron el número cinco.

«Un número demoniaco —pensó Larissa—, satánico». El cinco es tentacular, arruina la estabilidad del cuatro que lo precede; las manos y los pies tienen cinco dedos, y siempre le habían parecido ajenos al ser humano, excesivamente imprevisibles y dotados de unas articulaciones complejas e inquietantes, vermiculares. Debía quedarse en casa, fuera podía sucederle de todo. Ese pensamiento la atemorizó y, para desahogar la ansiedad y el aburrimiento, empezó a limpiar ferozmente todas las repisas de la casa, lavó los suelos, llenó tres sacos enormes de basura. Encendió la radio y subió el volumen al máximo.

Se transformó en una máquina, un autómata sin hambre, sin sueño, sin razón ni deseos.

Continuar hasta el infinito, fregar, fregar, fregar fregar fregar.

SEIS

Sabes la historia del cuclillo? ¿No? Te la cuento enseguida. Espera que me sirva un poco de ron, sí, ya sé que ni siquiera es mediodía, pero, discúlpame, creo que ayer nos pasamos y debo reequilibrar la química, igualar los sentidos. ¿Quieres? ¿No? Ok, vamos, ahora te la cuento. Las hembras del cuclillo ponen sus huevos dentro de los nidos de otros pájaros que ya tienen huevos dentro. ¿Ok? La cría del cuclillo sale del cascarón antes de que los huevos de los demás pájaros se rompan y los empuja con el cuerpo fuera del nido; luego, cuando los padres de los muertos vuelven al nido creen que el cuclillo es hijo suyo y lo alimentan, le pasan con el pico los gusanos y los insectos. ¿Comprendes? Pues bien, George. Tú eres como el cuclillo, ¿entiendes? No tienes nido. La noche anterior a tu llegada estuve con una chica, George.

—¿Tienes una aspirina?

—No la conoces, pero te la presentaré... Decía que estuve con una chica, es mucho más joven... sí, más joven que tú y, sin lugar a dudas, más joven que yo, en el sentido de que nació cuando cumplí doce años, el mismo día, ni un día antes ni uno después, del mismo mes, ¿comprendes? Por los clavos de Cristo, estamos ya a cinco..., pero bueno: a la tipa en cuestión la conozco desde hace seis años, era amigo de su marido. No, ya no está casada, se separaron más o menos en el mismo periodo en que Leo y yo... ¿Que quién es? Pues es su marido, no nos hablamos desde entonces, etcétera, etcétera. ¿Que si me gustaba? Bueno, he de reconocer que alguna que otra paja se la debo a ella, pero no tiene la exclusiva, ya sabes a qué me refiero... Lo cierto es que no tenía la impresión de que le interesase, aunque la verdad es que ella era así con todos, no miraba a ninguno, iba siempre pegada a Leo, su marido. Porque, digo yo, dar gusto a la mujer de un amigo es un gesto de generosidad, ¿no te parece? Un acto de amor hacia el amigo, incluso. En fin, sea como sea, la otra noche hicimos el amor. ¿Que si estuvo bien? Bah, he vivido experiencias mejores. No obstante, ocurrieron dos cosas, escucha. ¿Sabes cómo follan los loros? ¿Nooo? ¡Dios mío, tienes que verlos! Son estupendos, hacen girar la pelvis, como en la danza del vientre. ¡Vamos, no me puedo creer que nunca los hayas visto! Te enseñaré a los míos en cuanto..., de acuerdo. Pues bien, Larissa se movía como los loros. Me la puse encima y ¿sabes lo que hizo? ¡Ondeaba alrededor de la polla, sin prisas, George, parecía una lorita, jajajaja! Y luego queda esto. Huele, ¿hueles el dedo? ¿Lo hueles? Coño, George, tengo su olor pegado a la base de la uña, ¿cómo es posible que no lo notes? No me lo quito de encima, hostia. ¡Claro que me he lavado las manos, pero no se va! Lo olía incluso esta noche, el tufo me llegaba hasta el cerebro. En resumen: me parece una tía agobiada por sentimientos de culpabilidad, cuando me despedí de ella se le saltaban las lágrimas. El otro día me soltó un discurso que no te digo, siente que todos la rechazan..., nooo, yo no la quiero rechazar. Después de todo, la conozco desde hace varios años, la quiero, es una plasta de padre y muy señor mío, pero la quiero. Deberías haber visto como trataba a su exmarido, era una loca, una pérfida, por si fuera poco, lo humillaba en público y él se quedaba callado. No sé si me entiendes, me gustó hacer el amor con ella y no me importaría repetir, solo que no me gustaría tener que sufrir luego sus maldades, para nada. En fin, George, ¿qué te apetece hacer hoy?

George abrió los ojos poco a poco. Gunther estaba sentado en pelotas a sus pies, tenía las piernas cruzadas y fumaba.

El dolor se difundía por su cabeza y descendía hasta los dientes penetrando en las encías. Escuchó a Gunther sin pronunciar una sola palabra, el dolor le enturbiaba los ojos, veía los brazos de su amigo moviéndose agitados y varios mechones de pelo rubio tiesos y suspendidos en el aire. George consideró la posibilidad de que Gunther estuviese como una cabra. Hizo un esfuerzo para reírse y cuando lo logró tuvo la impresión de que sus músculos querían despegarse de los huesos. El dolor era insoportable. Picos contra los dientes, martillos en las sienes, cemento en las orejas.

Vomitó en el sofá de terciopelo morado. Gunther se apartó saltando hacia atrás, George vio que el pie de su amigo pisaba una mancha de vómito que había caído sobre el mármol, pero no tuvo fuerzas para decírselo. Gunther se precipitó hacia la habitación contigua y regresó con un trapo húmedo; primero restregó el sofá y a continuación limpió el suelo.

—¡Me cago en la puta! —imprecó cuando vio el vómito en la planta del pie y se limpió con el mismo trapo que, al final, tiró a un cubo—. ¿Quieres ir al hospital? —preguntó a George.

—No. Gunther... No sé cuánto tiempo me voy a quedar en Roma. Debo regresar a París, antes de que me marchase me ofrecieron unos trabajos y... —No logró acabar la frase.

Gunther lo miró fijamente y sonrió. En ese momento sus ojos alargados y estrechos recordaban a los de los loros. Se encendió otro cigarrillo y se acarició los testículos, estaban hinchados y enrojecidos.

—No hagas el cuclillo, George.

Su amigo carecía de respuestas, observó a Gunther mientras este se levantaba del sofá y se dirigía a otra habitación, la carcajada de su amigo se clavó directamente en su cerebro. Se tapó la cabeza con un cojín.

Nueve horas más tarde caminaban por los alrededores de Castel Sant'Angelo.

Los faroles amarillos parecían diminutos sistemas solares alrededor de los cuales gravitaban insectos y polvo.

—Escucha esta: «Discutíamos sobre los problemas del Estado, acabamos con la marihuana legalizada hasta el punto de que mi casa parecía casi el parlamento, había quince personas, pero a mí me parecían cien. Yo decía: Bueno, chicos, el vicio jamás ha sido un partido sano, el más rebelde me contestó un poco confuso»... ¡Coño, yo he crecido con ella, George! ¿Sabes quién la cantaba? Stefano Rosso. ¿No te parece absurdo que un comunista se llame Rosso?

Por la sangre de los dos fluía el LSD que habían consumido en pastillas.

Un jamaicano llamado Janiro se las había vendido por setenta euros en un sótano di Testaccio.

George caminaba en silencio, extraviado en la más absoluta incertidumbre, no reconocía nada familiar ni en sí mismo ni en

Gunther, ni siquiera en lo que los rodeaba. De repente cayó en la cuenta de que nunca había tenido nada que pudiese considerar verdaderamente familiar. Roma, Londres, Berlín o París, la casa de su madre, la suya, la de Aurore o el sofá de Gunther: nada se asemejaba a él.

Escrutó a Gunther, que en ese instante cruzaba el puente con determinación. Todo parecía satisfacerlo. ¿Dónde escondía el pesar?

A George le habría gustado incitarlo a la confesión, sustraer los secretos de su felicidad, pero no en ese instante, esa noche, en el puente Sant'Angelo.

Se detuvieron delante de las estatuas erguidas sobre la cornisa.

Ángeles mudos y blancos jaspeados de negro, ofendidos por el tráfico de los automóviles, por el humo de los gases de escape, celestes en su inmutabilidad.

A los pies de uno de ellos una placa rezaba: «VULNERASTI COR MEUM».

A unos pasos había otra: «REGNAVIT A LIGNO DEUS».

Gunther decidió que era una buena idea cantar las frases que se leían bajo cada estatua a la vez que George chasqueaba los dedos para marcar el ritmo. Pasó de la ópera lírica al rap y luego a las nuevas melodías napolitanas repitiendo obsesivamente las frases; el viento le movía las manos.

En una placa aparecía escrito: «CUIUS PRINCIPATUS SUPER HUMERUM EIUS». Alzaron los ojos, un hermoso ángel sujetaba la cruz con las dos manos.

Su cabeza, vista desde abajo, parecía encastrada entre las estrellas que tachonaban el cielo oscuro, el río fluía verde bajo sus pies. Gunther dejó de cantar y exhaló un suspiro; George se apartó el pelo de las orejas.

—¿Lo oyes? —preguntó tras haberlas liberado.

—¡Sí, sí, lo oigo!

—Son coros angélicos —afirmaron al unísono.

Se concentraron en el ángel esperando a que abriese la boca para cantar.

—Canta, hijo de puta, canta... —murmuró Gunther clavando sus ojos alucinados en la estatua—. ¡Ahí está! ¿Lo has oído? ¡Lo ha vuelto a hacer! —exclamó.

George no podía por menos que darle la razón: él también lo había oído.

—Solo que no parece proceder de la estatua, Gunther...

El otro lo miró enojado.

—¡Sí, coño, ha sido el ángel!

George se asomó al puente; vio caminar por el río, con sus propias piernas, un árbol con cara de dibujo animado. Sus raíces chapoteaban en el agua como miembros y se movían a cámara lenta. Se rio, aunque pensó que aclarar el asunto del coro angélico era mucho más importante que el de un árbol con patas caminando sobre las aguas.

Así pues, se concentró en el Tíber intentando evitar que el árbol lo distrajese.

El río fluía mudo y oprimente; no obstante, daba la impresión de que las voces procedían justo de él.

«Las ranas», pensó.

Se volvió hacia Gunther que estaba contando algo en voz alta.

—¡No me distraigas!

—Las ranas —dijo George.

—¡Coño!

—¡Las ranas, Gunther!

—¿Qué? ¿Qué coño estás diciendo?

—Las ranas —repitió de nuevo George—, son las ranas y no los ángeles.

Gunther se asomó entonces por la barandilla para comprobar que George no le estaba mintiendo.

Soltó una sonora carcajada.

—¡Las ranas! ¡Las ranas! ¡Las ranas! —gritó hipando.

Cuando, por fin, se calmó, se paró bajo el ángel con aire de desafío abriendo las piernas. Los dos amigos alzaron los ojos.

—¡Eran las ranas, ángel de mierda! —gritó con la voz pastosa a causa de la droga, el vino y las risotadas que se había tragado.

Los poderosos brazos del ángel descendieron para partirles la cabeza con la cruz que sujetaba. El ángel intentó castigar la afrenta que le habían hecho con un movimiento poderoso y fluido a la vez, había cobrado vida convencido de estar hecho de una sustancia bien diferente del mármol.

George y Gunther se protegieron los ojos y saltaron hacia atrás.

—¡Ohhh! —gritó Gunther a diferencia de George, al que el miedo había enmudecido.

No lograban apartar los ojos de la estatua, si bien esta no daba la impresión de dar nuevas muestras de vida.

Cuando, al cabo de un rato, su sentido de la percepción pareció adherirse de nuevo a la realidad, Gunther preguntó a George qué había visto.

Las versiones coincidían.

—Nos hemos pasado —dijo, por fin—, deberíamos ir a casa.

George consideró que era una sabia propuesta.

Envuelto en la oscuridad y echado en el sofá cerró los ojos.

Gunther estaba en su dormitorio delante del ordenador. Había recibido en Facebook una invitación a un evento, apretó la tecla «participaré», pese a que no tenía muy claro de qué se trataba. A continuación pidió la amistad a todas las mujeres que habían contestado ya a la invitación.

Una de ellas contestó de inmediato, la notificación decía: «Flavia Partinico ha aceptado tu solicitud de amistad».

Gunther abrió la ventana del chat y buscó a su nueva amiga. En su estatus había escrito: *«Ne me quitte pas,* A».

Yo

Hola, F. Kien es A.? :-)
Flavia
Y tu kien eres?
Yo
Soy G.
Flavia
A. es mi novio
Yo
Pero A. te está dejando...
Flavia
Y tu ke sabs?
Yo
Ne me quitte pas, A. ;-)
Flavia
No tengo ganas de contarselo a 1 desconocido
Yo
Tienes razón, disculpa, es ke he visto ke tu también irás al aperitivo del sábado, de forma ke pensé que si t conocía antes ganaría tiempo :-) y eres tan guapa ke seguramente el sábado me pegaré a tu falda, de manera ke si no me presentaba antes me habrías tomado por un chiflado... :-)

Ahora que me he presentado puedes estar segura de ke el sábado me pegaré a ti como una lapa!!!!!:-D

Sigues ahí?
Flavia
Sí.
Yo
Dónde estás ahora?
Flavia
Y a ti ke coño t importa?
Yo
Vamos, ¿dónde estás?
Flavia
Mira ke eres plasta...
Yo
Podría serlo mucho más si kisiese... ;-)
Flavia
Si kisiese yo o tu?
Yo
Si kisieramos los dos...
Flavia
Uf...
Yo
T estoy aburriendo?
Flavia
3365287453

G. llamó entonces a F. y le pidió que se tocase; ella le preguntó si quería saber lo que llevaba puesto y cómo se estaba acariciando.

—No —contestó él.

—¿Tú te estás tocando?

—Sí —le respondió Gunther, aunque lo cierto es que tenía las dos manos ocupadas: una sujetaba el teléfono y con la otra movía el ratón.

Los dedos de ella chapoteaban en el líquido que había entre sus muslos, se oía claramente. Él simuló que se corría y quizá ella también fingió mientras gritaba por teléfono un orgasmo en forma de u.

—UUU —pronunciaba su boca, la misma que Gunther veía en la pantalla del ordenador.

Miraba también sus fotografías en Facebook, F. en traje de baño, F. con el uniforme de azafata de la Lufthansa, F. con A. en una playa de arena blanca, sonrientes.

—¿Se lo contarás a alguien? —le preguntó.

—Creo que sí —contestó él.

—¿A quién?

—No la conoces, es una amiga mía.

—¿Tu novia?

—Te he dicho que es una amiga. Se llama L. Adiós F., buena suerte con A., quiero que sepas que G. te ha querido un poco.

Flavia Partinico cerró la comunicación exhalando un suspiro. Gunther estaba convencido de que lo primero que haría sería llamar a A.

Se volvió a llevar el teléfono al oído, era Johannes, que lo invitaba a ir a una fiesta con él.

—¿Qué fiesta? ¡Sí, claro, por supuesto que sí!

—Puedes traer a tu amigo el francés si te apetece. Será una fiesta tranquila, nada de follones. Si puedes trae algo de beber.

—George no se encuentra muy bien, tal vez no vaya.

—En ese caso ven tú.

—Yo creo que sí que iré. Pero ¿quién más va?

—Yo no iré, Gunther. Si quieres los llamo y les pregunto...

—No, menudo coñazo. Nos vemos luego.

Se aburría.

103

Siete

Esa mañana Larissa y Gaetano estaban pegados el uno al otro, el grueso muslo de él descansaba sobre el estómago de ella. Larissa abrió los ojos y vio que seguía allí, a su lado, con la barba apoyada en la palma abierta de su mano. Optó por volver a dormirse, tal vez la rueda volvía a girar a su favor.

La despertó el tintineo de su cinturón.

—¿Te vas?

—Sí, no me queda más remedio. Dentro de media hora me recogerá un coche en el portal.

—¿Adónde vas?

—A Buenos Aires, salgo a las dos.

Se subió la cremallera.

—¿Me pasas el tabaco, por favor?

Acabó de vestirse y se acercó a la cara de ella, que le echó el humo a los ojos.

—¿Por qué has vuelto?

—Porque te quiero —contestó él.

Se alejó de la cama.

—¿No estás contenta? —le preguntó mientras salía de la habitación.

—Lo estaría más si te quedases.

—No puedo, ya te lo he dicho, mañana me esperan en Buenos Aires...

—Ya sabes a qué me refiero...

Él no contestó, inclinó la cabeza y, mirándose los zapatos, siguió caminando hacia la salida.

Ella le dijo gritando que cogiese el cepillo de dientes.

—Está macerando —explicó.

Primero sintió sus pasos, luego el silencio.

Estaban de nuevo en la misma habitación, las mismas bocas hacían presión, se habían besado hasta que ella sintió que su sexo se dilataba, listo para acogerlo. Notó que un objeto frío y liso, estrecho, entraba en su vagina y se hundía poco a poco en ella hasta que las cerdas tocaron su clítoris. Antes de que Larissa pudiese aceptarlo, Gaetano sacó a toda prisa el cepillo y se deslizó en su interior. Hicieron de nuevo el amor, en silencio, y cuanto más gozaban sin pasión más sentían que una ineluctable sensación de vacío se insidiaba en su interior, un tornillo había excavado un agujero que, por ser demasiado ancho ya, no se podía colmar.

Él se arregló mientras ella trataba de explicar a su figa que adaptarse cada noche a una polla diferente era un esfuerzo mecánico más que de corazón.

Un viejo amor volvía poco después de que el amante de la noche anterior hubiese puesto pies en polvorosa.

«Tú no, Gunther», pensaba Larissa.

No sabía a ciencia cierta qué y hasta qué punto echaba de menos de él, pero mientras la puerta se cerraba definitivamente y el aroma almizcleño de Gaetano seguía impregnando las sábanas pensaba: «Tú no, Gunther».

La voz de Ada llegó para salvarla. Procedía del teléfono y parecía lejana. Pronunció varias veces el nombre de Larissa. La invitó a una fiesta, a una reunión de amigos que se celebraba en su casa.

—¿Irá Iggy? —preguntó Larissa.

—¿Quién es Iggy?

—Iggy es Iggy. Iggy Pop.

—Creo que sí —No parecía convencida.

—Si Iggy no va yo tampoco. No me apetece pasar la noche en compañía de Luigi o Antony.

Ada no contestó.

—De acuerdo. Tenco y Antony & The Johnsons —dijo Larissa estirando el brazo en la cama.

—¿Te acabas de despertar?

—No, hace un par de horas.

—Comprendo, no hables, has hecho una gilipollez. Ok, ni Luigi ni Francesco.

—¿Quién es Francesco?

—Guccini.

—Dios mío, no me digas que tienes en casa CD de Guccini.

—Sí, ¿por qué?

—Oye, de acuerdo. ¿Quieres que te lleve algo?

—Tal vez un poco de vino.

—Ah no, no puedo.

—¿Por qué? ¿Has dejado de emborracharte?

—Eso nunca, pero no tengo dinero para comprar vino. ¿Qué te parece si te llevo algunas latas de Chinotto medio vacías?

—Como quieras...

—Eres una capulla, ¿lo sabes?

—¿Con quién has follado esta noche?

—Lo sabes de sobra. ¿Ves como eres una capulla?

—De acuerdo, hasta luego.

Su casa seguía allí.

La odiaba.

Quería matarla.

A la casa.

Hizo un par de llamadas telefónicas, se había echado sobre los hombros un chal que le recordaba a los que llevaba su abuela, de lana y con grandes agujeros. El pelo cargado de melancolía y despeinado, entre las piernas un olor hostil que no conseguía eliminar lavándose con la mano. También su abuela solía ir despeinada y emanaba un intenso olor a coño procedente de los muslos que subía hasta la nariz; después incluso de que su abuelo se hubiera muerto, con su pene, claro está, el coño de su abuela seguía excretando olores metálicos a sangre, orina y sexo recién consumado. Su abuela daba la impresión de pasarse la vida follando. Era el único recuerdo que conservaba de ella. ¿No sería que empezaban a parecerse? Su abuela también bebía.

Debía hacer algo que la rescatase de la decadencia que estaba viviendo.

Cortó un poco de cocaína con una tarjeta de crédito inutilizable. Sintió que el cerebro se escabullía fuera del cráneo cuando el polvo entró por su nariz.

Llamó a varios periodistas y directores de diarios sin hacer alusión a su misérrimo estado. Pedía trabajo.

—Estamos en crisis, ya lo sabes...

Lo sabía de sobra.

—Mira que el dinero no es un problema... Ya sabes que lo hago para divertirme —mentía.

Cincuenta euros por artículo habrían sido más que suficientes para dar de comer a sus gatos y a ella durante, al menos, una semana.

—Solo podemos ofrecerte setenta euros por artículo —dijo, por fin, un amigo, director de una revista masculina.

Dos semanas de compra garantizadas, los gatos se iban a poner como locos.

Acordaron que empezaría con el número siguiente, al cabo de un mes. Larissa no tenía autonomía suficiente para poder esperar tanto. Estiraría lo que le restaba sin saber muy bien cómo, pero decidió posponer el problema a otro momento.

A continuación, se planteó otro: ¿qué haría hasta la noche? Para la fiesta de Ada faltaban casi doce horas, esto es, setecientos veinte minutos que debía ocupar como fuese. 12 es 1 + 2, igual a 3, 720 ya no es tan preciso, porque 7 + 2 + 0 es igual a 9, solo que sumado al 3 que se obtiene del 12 sigue siendo 12, y de nuevo 1 + 2 = 3 y 3 es un número primo. Si, en cambio, se hace la resta sucede que: 1 − 2 = −1 (¡No! Un presagio horrible) y 7 − 2 − 0 = 5 (tampoco, maldito número) y −1 + 5 hace 4, que es un número tan burgués, una pata sostiene toda la estructura, si bien es ficticio, porque el 4 se apoya perfectamente en las cuatro patas, que no dijese gilipolleces, por el amor de Dios, es un número falso, algo así como los que nacen hijos de jueces o senadores y salen a la calle a gritar eslóganes contra la burguesía y a favor del proletariado. «Burgueses, burgueses, os quedan pocos meses» es el lema del 4.

Comprendió que estaba perdiendo el juicio.

Lo único que podía hacer era dormir. Dejó a los gatos fuera de la habitación: así le resultaba más fácil olvidar el hambre que padecían.

Se despertó varias horas antes de que empezase la fiesta en casa de Ada. Debía aún esperar.

¿A qué estaba dedicando su tiempo?

¿No debería abrir su cuaderno y empezar a escribir de nuevo?

Se acordó de que lo había roto la mañana anterior, después de que su madre se marchase. Debía salir a comprar uno nuevo. Otro motivo excelente para posponer cualquier tipo de tarea.

Plantada delante de la estantería no sabía qué elegir, había cuadernos de varias formas y medidas, con numerosos dibujos sobre las tapas, duras y blandas, con el cierre elástico o con una cuerda, sin cierre, o con un botón magnético.

Se demoró una hora. Estaba segura de que si elegía un cuaderno feo no lograría escribir. Lo sujetaría entre las manos, y lo miraría una y otra vez pensando que había elegido un cuaderno horrible.

Saludó a la anciana propietaria de la papelería. Al lado de la caja tenía un rosario con unas gruesas bolitas de madera. Se preguntó si bajo la falda no escondería otros secretos.

La dueña le sonrió como si hubiese percibido sus dudas.

Larissa estuvo a punto de preguntarle a qué secta pertenecía, pero después se acordó de los gatos y del hambre que debían de tener.

Usó el último dinero que le restaba para comprar una caja de pienso seco y volvió a casa.

Tres individuos solos y extraviados en el aburrimiento egoísta de sus necesidades no hacen lo que deberían para satisfacerlas. Creen que lo hacen, pero en realidad repiten palabras y acciones que tienen idénticas consecuencias, siempre.

Gunther navegaba por los sitios pornográficos buscando una erección que no respondía a sus estímulos. Larissa lo llamó por teléfono.

—¿Crees que estoy equivocada? —le preguntó.

Él respondió que, en esencia, era imposible encontrar algo equivocado.

—Así que tú no lo estás —le dijo entre otras muchas cosas, pero ella no lo escuchaba.

Pensaba que algo no funcionaba. Quizá no se tratase de un error, quizá la equivocación consistía precisamente en la idea de la existencia de un error.

—Eres ansiosa —dijo él.

—¿Qué?

—Eres ansiosa.

—Puede ser.

Se callaron. Él había hablado demasiado, ella apenas.

—Pero ¿tú nunca prestas atención al olor de los demás? —dijo ella.

Él sonrió.

Ella no pudo verlo.

George entró en la habitación de Gunther.

Vio que su amigo sonreía.

—¿Te has enamorado? —le preguntó cuando colgó el teléfono.

—Puede ser —contestó Gunther mientras se estiraba en el sillón, los omóplatos crujieron, el corazón pareció perder algún que otro latido.

George besó a Gunther en la boca, Gunther besó a George con toda la boca.

Ocho

Más tarde Larissa se movía afanosamente por la terraza de la casa de Ada colocando los platos sobre la mesa y apilando los vasos de papel sobre el mantel de lino.

—¿Desde cuándo no riegas el jazmín?

—¿Por qué? —preguntó Ada distraída.

—Cariño..., se ve a la legua que está agonizando...

—¿Ahora te ha dado por la jardinería?

—¿Quién? ¿Yo? De eso nada... Sería capaz de secar incluso una hoja de lechuga —contestó Larissa.

No podía confesarle que uno de los mayores límites de su vida había sido su incapacidad de encontrar consuelo en los amigos. Creía que les cargaba, usaba las palabras como armas y escudos para alejar a las personas, para impedir que los demás la quisieran. *Los demás nunca te querrán.*

Solo una persona había logrado en esos años de manera misteriosamente precisa eliminar ese peso: Gunther. Tenía la impresión de que con él sus temores se aplacaban temporalmente, y no porque los comprendiese y supiese desmontarlos, sino porque Larissa reconocía en él una falta total de miedo, ni heroica ni superlativa, una fe en sí mismo y en el mundo que lo convertía en una persona cuerda y loca a la vez.

Larissa no podía decirle a Ada que había reñido con su madre hasta herirse en la piel, ni podía contarle la historia de Gaetano, si bien era consciente de que su amiga la había intuido; tampoco podía hablarle de Gunther, al que Ada conocía a través de las historias de su matrimonio con Leo. La habría criticado, estaba segura.

Así pues, le habló del problema más acuciante que, pese a su urgencia, no le preocupaba tanto. El dinero.

—Ni una lira, Ada. Me queda para una semana, quizás.

—¿Y tu editor? ¿No te debe dinero?

—Sí, mañana mismo lo llamo.

—¿Quieres que te preste algo mientras tanto? —dijo su amiga apoyando sobre la mesa una taza de infusión de malva.

—No, figúrate..., lo que debo hacer es resolverlo, de verdad.

Pide ayuda, pide ayuda.

No puedo, no puedo.

¿Por qué no pides ayuda?

No lo sé.

¿De qué tienes miedo?

No lo sé, no lo sé.

—¿Por qué mueves los labios? —preguntó Ada.

—¿Estaba moviendo los labios? ¿Yo? Dios mío...

—¿Estás bien? —preguntó su amiga con cierta aprensión.

—¿Por qué os preocupa a todos mi estado de salud? Estoy bien, de maravilla. Pobre, pero de maravilla.

Eran los primeros días de diciembre y, sin embargo, el frío aún no había colonizado la ciudad. Los abrigos eran más que suficientes para proteger del ligero viento del sur.

Cuando las aceitunas y las alcaparras, las pipas de girasol y los trozos de pan de centeno quedaron dispuestos con una elegancia que a Larissa le resultaba irritante, empezaron a llegar los primeros invitados. Larissa no tenía ningunas ganas de saludar a la gente, de manera que procuró mantener ocupadas las manos y la mente. Entró en casa y cogió el estéreo y todos los CD que había guardados en unas cajas de madera de fruta. Se dio cuenta de que su amiga poseía solo cosas tristes; le lanzó una mirada rencorosa, pero ella no le hizo el menor caso.

Sucedió mientras estaba inclinada sobre los CD, sus posaderas se movían entre un hibisco y un jazmín, iba de un lugar a otro sobre las baldosas a cuatro patas. Cuando lo oyó estaba leyendo un texto de Nina Simone.

A sus espaldas, Gunther repetía para sus adentros: «Vuélvete, Larissa, vuélvete», pero ella seguía ondeando las caderas con los ojos clavados en el texto.

Él esperó un poco antes de intentarlo de nuevo. Debía conseguirlo.

«Vuélvete, no es una revancha».

Ella se dio media vuelta.

Gunther, vestido con sus pantalones negros y con la cazadora de piel descosida, le sonreía alzando un vaso ya medio vacío.

Ella enrojeció, no sobre las mejillas ni en la frente, sino bajo el cuello, en el hueco entre las dos clavículas.

—Tengo una docena de ideas al respecto —dijo él.

—¿A propósito de qué?

—Sobre tu culo —contestó Gunther mordiéndose los labios.

—Qué fino eres... —comentó ella arrastrando de nuevo el escudo invisible que la protegía del deseo.

Volvió a ruborizarse, pero, dado que era de noche, estaba segura de que él no se daría cuenta. Hurgó una vez más entre los CD. Gunther se reía.

—¡Vaya! —exclamó Gunther—. ¿Te has ofendido?

Ella se volvió y le concedió una risita caballuna.

—Hazlo otra vez —le ordenó.

Sin pensárselo dos veces ella se rio y, al hacerlo, su culo se agitó de nuevo.

—Hazlo otra vez —propuso nuevamente Gunther.

—No. Ya no tengo ganas de reírme.

Se levantó, iba calzada con unos zapatos con plataformas altísimas y llevaba las piernas al aire, la falda muy por encima de la rodilla.

—¿No tienes frío? —le preguntó.

Ella alzó la cabeza.

—No —respondió.

Johannes se reunió con ellos y se acercó a Larissa con la intención de coquetear un poco. Gunther trató de advertirle de que sacar algo de Larissa, a menos que fuese ella la que eligiese, era poco menos que imposible, pero Johannes estaba convencido de tener todas las cartas en la mano. Larissa permaneció callada y rígida en tanto que los dos amigos comentaban su actitud desdeñosa. Al final, Gunther decidió dejarlos solos y se acercó a Chiara, cuya lengua recordaba perfectamente y deseaba probar de nuevo esa misma noche. Mas ni siquiera ese deseo logró distraerlo de la escena que se estaba produciendo al otro lado de la azotea.

Cuando Johannes se alejó un momento Larissa se inclinó otra vez e introdujo un nuevo CD. El alemán regresó con dos vasos y le ofreció uno a ella.

Gunther percibía con toda claridad el aburrimiento que en esos instantes asediaba a su amiga. Johannes debía de estarle contando algo completamente absurdo si ella mantenía los brazos en esa forma.

Sus miradas se cruzaron más de una vez, y él se dio cuenta de que a ella le habría gustado fulminar con la mirada a Chiara. Optó por reunirse con sus amigos prometiéndose que volvería a la lengua de Chiara más tarde.

—¡Yo feramente soy te Múnich!

—Eh —dijo ella exhalando un suspiro.

Al ver que Gunther se aproximaba a ellos, aflojó los brazos.

—¿Se puede saber dónde has encontrado a este Oscar Wilde falso alemán? —le dijo.

—¿Por qué falso? —preguntó Gunther.

—Porque habla como la caricatura de un alemán..., no puede ser real.

Johannes bajó los párpados. El gesto doloroso de sus cejas dio a entender a Gunther hasta qué punto Oscar Wilde tenía que ver en todo aquello.

Se rio.

Johannes parecía muy deprimido, al verse ridiculizado de esa forma lo único que podía hacer era aferrar el vaso. Larissa contenía sus sonoras risotadas, hasta el punto de que su cuello se iba hinchando gradualmente. Gunther sintió el impulso de morder sus venas gruesas y cargadas de sangre. Ella pareció comprender cuáles eran sus intenciones y se volvió de espaldas. Así pues, a Gunther no le quedaba más remedio que volver a la lengua de Chiara, dejando a Larissa con su silencio y a Johannes con su decepción.

Larissa volvió a adivinar sus pensamientos y, antes de que pudiese regresar al lado de Chiara, le agarró una mano y balanceó su brazo una, dos, tres, y hasta cuatro veces.

—Sígueme, ¿no?

—No, eres tú la que me sigues —le dijo él.

Ella soltó su mano.

Él la tomó una vez más.

Tocarla era como tener dos dedos suspendidos a escasos centímetros de un montón de sal. Sentía una energía y un calor que casi abrasaban su piel, Larissa le transmitía un sinfín de descargas eléctricas breves, pero intensas.

También sus ojos sabían. Incluso Larissa era incapaz de simular esa vibración y ahora todos los miraban mientras bailaban y se movían vigorosamente, descargas eléctricas, más descargas eléctricas que pasaban de él a ella, de ella a él, que bailaban y se movían vigorosamente.

En los brazos y los hombros de Larissa había aborrecimiento y eran ellos, más que sus ojos, los que revelaban el desprecio y la vergüenza que sentía. Él se rio en su cara, sus narices se rozaban.

—¿Me das un beso?

Lo olfateó, bajo el cuello sudado, y no encontró nada que pudiera interesarle. Metió las manos en su pelo, se encogió de hombros, tocó sus manos grandes y ásperas, permaneció durante varios minutos en sus ojos grises, pero no existía en él nada que perteneciese a su deseo.

Hizo una mueca, le azotó la cara con el pelo, se alejó de él, se acercó a cuatro amigos y se plantó en medio del círculo que formaban, tenía la frente sudada, el pulso acelerado y sus cejas resplandecían; él volvió al lado de Chiara.

Larissa no alcanzaba a explicarse los celos enloquecidos que sentía hormiguear en las venas de sus muñecas, que le latían en las sienes como una respiración entrecortada.

Hablaba con ella. Preguntó a Ada. Ella le dijo que se llamaba Chiara.

—Somos amigas desde la universidad.

—¿Y sabes por qué está hablando con Gunther?

—¿Gunther es ese tipo de allí, el rubio, el que está sudando como un cerdo...? No lo sé, Larissa, yo qué sé, por lo visto se conocen.

Larissa se encogió de hombros; no tenía el menor deseo de informar a su amiga más querida de que estaba celosa de un hombre que ni siquiera le gustaba.

Recordó cuando, hacía ya unos años, años en que veía a Gunther constantemente, había tenido celos de una mujer con la que estaba saliendo.

Habían dejado a Leo en la mesa del restaurante en la que acababan de dar buena cuenta de la cena y habían salido a fumar. Fuera hacía frío y a ella no le apetecía hablar, solo dar bocanadas arrebujándose en el abrigo, y mirar a los carabineros que entraban y salían del cuartel contiguo.

—¿Cómo va con tu marido? —había preguntado Gunther recalcando la palabra «marido» con desagradable ironía.

—Bien. Estamos pensando en tener un hijo.

La sonrisa torcida que le había dedicado él le había dado a entender sus intenciones de creerse esa mentira.

—Oye, no sonrías así..., resulta irritante. ¿Y tú? ¿Sigues siendo maravillosamente soltero y promiscuo?

Él había sonreído de nuevo.

Larissa había sentido que la respiración se detenía a mitad de su recorrido, en la garganta, el humo le había hecho toser. Los carabineros se habían vuelto para escrutarlos.

—Ella es... —había empezado a decir él.

La manera en que había pronunciado «ella» había sido absoluta. En ese «ella» había metido todo, un mundo entero se apiñaba en ese «ella», un mundo del que Larissa no formaba parte. «Ella» era ella, «ella», decía, y Larissa podía vislumbrar a una mujer hermosísima, un amor inmenso, el mayor amor de su vida.

—¿Cómo es ella...? —le había inquirido con la malsana pretensión de comprender lo que sucedería si él hubiese seguido hablando de ella.

—Ella es estupenda. Tiene unos ojos... ¿Recuerdas a Monica Guerritore? ¿Sus ojos? Largos, alargados. Ese tipo de ojos me vuelven loco..., ¡vamos, que lo has entendido!

—Sí, Gunther, lo he entendido. Los ojos de la Guerritore. ¿Y qué más?

—Pelo largo, rubio liso rubio largo. Sin el menor rizo.

—Muy bien, ¿y qué más?

Poco a poco iba componiendo su figura, el cigarrillo desaparecía entre sus dedos, el frío ya no le penetraba en la piel, había mirado a Leo, se estaba sirviendo vino.

Larissa se había preguntado si su marido habría hablado alguna vez así de ella. ¿Su «ella» era rebosante, redondo, autoritario? ¿Larissa era «ella»? ¿Cuáles eran sus ojos, en opinión de Leo? ¿Cómo describía su pelo, su boca, su nariz, sus cejas? ¿Pondría el mismo amor en sus palabras? Lo había mirado: estaba solo y transmitía ternura, sentado a la mesa. De no haber sido por el temor que le causaban los ojos de Gunther se habría echado a llorar de buena gana.

—Y, además, es... bueno, bah. Me pirra.

Habían acabado de fumar. La conversación la había dejado destrozada.

Antes de abandonar la calle para regresar al calor que envolvía el restaurante, Gunther se había dirigido de nuevo a ella.

—Leo no te dará un hijo.

Ella había sentido que se le contraía la boca. Habría mordido el trozo de pared que tenía delante hasta partirse los dientes.

—¿De verdad? Tal vez tu... ¿Cómo se llama ella?

—Luna.

—Vaya nombre de mierda..., decía que tal vez tu Luna nunca te dará su coño.

—Vaya salida horrenda. No podía ser peor.

—Lo sé. Tú, en cambio, haz el favor de no entrometerte.

—Pero ¿tú me odias? —le había preguntado él arqueando las cejas. Parecía sinceramente interesado en la respuesta.

—No más de lo que odio al resto de los seres humanos. Tengo ese problema con nuestra especie, Gunther, no te lo tomes como algo personal.

Dos años después estaba delante de ella, pocos días después de haber hecho el amor estaba allí, y apretaba la punta de la nariz de la tal Chiara con los dedos índice y medio a la vez que le sonreía complacido y cómplice. Larissa sentía dolor entre las piernas, el útero contraído.

Sus vasos sanguíneos reclamaron vino y consideró que no había ninguna razón para negárselo.

Cayó borracha sobre el sofá muchas horas antes de que el resto de los invitados hubiese abandonado la fiesta.

Al día siguiente, pasada ya la hora de comer, una voz le pidió un abrazo.

No tenía ningún sentido, solo que buscar un sentido a las cosas era la actividad que Gunther odiaba por encima de todo. Instintivamente, mirando a Larissa a su lado con el vestido de la fiesta todavía puesto, había sentido la necesidad de que su brazo le rodease el pecho.

Larissa lo hizo, de manera también impulsiva, obedeciendo a una costumbre que no había perdido desde la época de su matrimonio y que la empujaba a abrazar durante la noche a los amantes que llegaban y se iban al cabo de unas cuantas horas.

Pero, a diferencia de las otras noches, sintió que todo su cuerpo, quizá incluso más, se entregaba a esa piel que, hasta hacía unas horas, detestaba.

Él corrió el riesgo de ver cómo sus certezas caían como cadáveres sobre los brazos y las manos de ella. Se arriesgó a enamorarse antes incluso de haber considerado la idea de un posible amor.

Asumió todo el riesgo y pensó que, quizá, era el riesgo más importante de su vida.

Larissa abrió los ojos. Gunther, a su lado, daba la impresión de ser feliz. La luz danzaba en su cabellera enmarañada.

Le apretó la mano que había apoyado cerca de su pecho y la mano no se movió, inmaculada en su estupor.

La de Gunther intentó entrar con avidez en las bragas de ella. Cogió un mechón de pelo y tiró con fuerza de él.

Larissa la apartó sin decir nada y su brazo se quedó justo donde lo había dejado, sobre el pecho de Gunther.

Luego salieron sigilosamente de la casa de Ada y se sentaron a una mesa de la terraza del primer bar que encontraron.

Él pidió cuatro tostadas y un café largo. Ella un cruasán sencillo y un zumo de naranja.

—¿Sabes que me gustaría vivir siempre así? —dijo él guarecido tras un par de gafas oscuras.

—¿Así cómo? —preguntó ella tocándose las bolsas que le habían salido durante la noche a causa del alcohol.

—Así... Despertarme tarde después de haberme pasado la noche bailando. La perspectiva de no tener que hacer nada durante todo el día, este desayuno, este bar, este sol que casi parece estival.

Ella sonrió.

—¿Por qué sonríes?

—Eres un bohemio, Gunther. Vives así todos los días.

—Es verdad.

Se puso las gafas sobre la cabeza. Tenía ojeras, y dos ojos enormes y límpidos.

—¿Sabes? Ayer hice sexo con una por teléfono. Y luego, mi amigo francés, George, y yo vimos un ángel que quería matarnos con la cruz que sujetaba.

—Me parece fantástico, pero ahora quiero que me acompañes a ir de compras,

Gunther. Tengo ganas de gastarme las últimas monedas que me quedan. Vamos, te propongo que nos dediquemos en cuerpo y alma a la decadencia, hasta sus últimas consecuencias, el día no ha hecho más que empezar.

Nueve

Mientras Larissa y Gunther dormían George se había despertado y había salido a la calle.

En la larga avenida dei Fiori Imperiali, de la plaza Venezia al Coliseo, el sol se mantenía suspendido sobre la antigua arena con aire indeciso; acababa de salir. Por la calle transitaba poca gente que desafiaba el viento pedaleando con fuerza en sus bicicletas, los supervivientes del sábado por la noche avanzaban al volante de sus coches y desaparecían entre las bandas doradas que se filtraban entre las ruinas.

Los loros lo habían despertado, además de las largas horas de sueño. Las consecuencias de las pastillas que se había tomado el día antes o el exceso de reposo le habían ofuscado el cerebro, le habían inducido a creer que si caminaba hasta el Coliseo vería a Gunther.

Llegó a la calle Cavour, el viento había empezado a soplar. El frío penetró en sus pantalones serpenteando entre la trama compacta de su suéter de lana. Cogió el gorro del bolsillo del abrigo, se recogió el pelo con una goma y se lo caló en la cabeza.

Con renovado calor en la sangre decidió entrar en el bar cuyo letrero divisaba a unos cincuenta metros de él. Estaba oscuro y desierto, hasta el camarero parecía haberlo abandonado. George rozó los paquetes de patatas haciéndolas crujir bajo sus dedos para avisar de su presencia. A continuación oyó la cisterna del váter y una voz femenina.

—Voy enseguida —dijo.

Una mujer que, a buen seguro, había superado los cuarenta años, con el pelo largo y pelirrojo estrujado en una cola, la frente espaciosa y los labios estrechos, se dirigió hacia el mostrador.

George notó que tenía unos hematomas en el cuello que la camisa no lograba ocultar. Parecían arañazos. La mujer se dio cuenta de que la observaba y con una mirada le dio a entender que no estaba dispuesta a admitir ningún tipo de comentario.

—Café con leche, un bocadillo. Jamón, jamón serrano —pidió él.

—Los bocadillos todavía no están listos. Los preparo dentro de tres o cuatro horas. ¿Te apetece un bollo?

Dado el tono de voz con que se lo dijo, George no fue capaz de rechazarlo.

Se movía convulsivamente, con la espalda bien erguida y los nervios del cuello tensos y vibrantes. En la repisa de las botellas de alcohol, entre una de Martini y otra de licor de hierbas, había una estatua, una figura de bronce que parecía representar a un dios griego con una lira entre las rodillas.

—Es Hermes, es un premio —comentó ella intuyendo su curiosidad.

—¿Qué premio? —preguntó él.

—Bah... Un premio de poesía —respondió dejando bruscamente el vaso de café con leche en el mostrador de metal brillante.

—¿Escribes poesía?

—Podría —contestó—, pero no, el premio se lo dieron a mi hija.

—¿Tu hija escribe poesía?

—Es evidente que sí. Sí, escribe poemas. Y ha ganado un premio.

—¿Y por qué lo tienes aquí?

—Porque creo que no le gustan los premios. Me lo dio diciéndome que si no lo cogía lo tiraría. En cualquier caso, queda mejor aquí que en mi casa.

Parecía irritada. George pensó que tal vez fuese mejor no incomodarla con más preguntas.

El pecho le bailaba bajo el delantal inmaculado. Le miró las manos: tenía unas uñas rojas y afiladas sobre la piel, áspera y enrojecida.

—¿Puedes servirme un vaso de grapa? —preguntó.

Ella lo escrutó de la cabeza a los pies.

—¿Qué eres, un alcohólico?

Él se esforzó para extender los músculos de su cara y esbozar una sonrisa.

—No. En mi país tenemos por costumbre beber alcohol por la mañana cuando hace tanto frío.

—Ah, de manera que no eres romano. Ya decía yo, por el acento. ¿De dónde eres? De Francia, ¿verdad?

—De París.

Le llenó el vaso de grapa. Cuando George lo apuró de un trago le pitaron los oídos; tuvo la impresión de que en su cabeza se había abierto una brecha.

Reflexionó durante unos minutos mientras la mujer enjuagaba agitada los vasos.

—Sé que no es asunto mío —dijo, considerando que no tenía nada que perder—, pero he notado los hematomas que tienes en el cuello... ¿Qué te ha pasado?

Ella no pareció mínimamente turbada, al contrario, daba la impresión de que estuviese esperando desde hacía varios días que alguien se lo preguntase. Señaló la estatua de Hermes.

—La *poetisa*. Me pegó sin ningún motivo. ¿Lo entiendes? ¡Mi hija! No la denuncio porque es mi hija y no está bien, pese a que se niega a reconocerlo. Ni siquiera debería contárselo a un desconocido, pero hace días que me lo guardo, no se lo he dicho a nadie, ni siquiera a mi compañero. —Su voz se quebró en unas notas de lamento que a George le resultaban familiares.

Se imaginó golpeando las nalgas de la mujer con la polla. El glande contra la piel atigrada, llena de estrías y de grasa.

El bar seguía estando vacío y oscuro.

La mujer hizo ademán de encender el neón, pero él la detuvo.

—Espera —dijo agarrándole la mano.

Los ojos de ella revelaron furia y estupor.

—¿Qué coño quieres? —dijo alzando la voz.

Él le besó una oreja y le soltó el pelo en tanto que ella forcejeaba para desasirse.

—¡No! ¡Filippo está al caer! —gritó.

Las venas de su cuello se tensaron aún más, la agresividad las hinchaba.

—Cierra el local —le ordenó él en voz baja.

—¡Eres demasiado joven y ni siquiera te conozco! ¡Márchate, te lo ruego! No sabes lo que estás haciendo.

Sus pezones se habían endurecido bajo el delantal. George aprovechó para obligar a sus dedos a cerrarse alrededor de las areolas.

La violencia que sentía hacia su hija esperaba una nueva violencia de la que alimentarse. Carecía de límites, cuanta más violencia ofrecía más esperaba recibir. George la hizo gozar.

Ella obedeció al muchachito francés con la nariz fría y enrojecida.

Su ano era estrecho y rugoso. Olía a mierda.

George la penetró bajo los ojos de Hermes, la aferró por la espalda huesuda y necesitó una decena de golpes para que se abriese por completo.

Consumaron sus respectivas rabias en silencio.

Una madre, un hijo, un dios poeta al lado de las botellas de alcohol.

Lo que estaba haciendo era tan perverso que George, en lugar de vomitar como deseaba, se corrió.

Ella, con las lágrimas secas en las comisuras de los ojos, subió el cierre metálico.

—Sal —susurró avergonzada.

Diez

En una de las cartas que había en el buzón la agencia tributaria le informaba de que se estaba retrasando en el pago de los impuestos. Larissa rompió en cuatro trozos la comunicación y la tiró al váter.

Llamó a su editor. Hacía mucho tiempo que no daba señales de vida y todavía tenían varias cuentas pendientes.

—Me dijiste que tenías problemas para pagarme las regalías que me debías. ¿Has resuelto ya el problema? No, perdona, te lo pregunto porque el banco se me está echando encima y no tengo un céntimo, ni siquiera para comprar la comida de los gatos.

Al otro lado de la línea reinaba el más absoluto silencio.

—Oye, que yo sepa no te debo nada —contestó el editor al cabo de un rato.

Ella recordó que había sido precisamente él, varios meses antes, el que le había dicho que el año precedente su segundo libro había vendido un buen número de copias.

—Eso fue hace menos de tres años, pero ¿qué pretendes? Se pueden vender diez mil copias de un libro de poesía una sola vez en la vida. Otros poetas no logran vender ese número en toda la vida. Fuiste un caso más único que raro.

—¿Y qué? ¿Cuánto vendí el año pasado?

—Hicimos dos reimpresiones.

Le había parecido una cosa magnífica. Su padre le había dejado la casa en que vivía y varios miles de euros. Con el pasar de los años se había gastado todo, pero había conservado la casa. Habría podido vivir escribiendo y colaborando con los periódicos sin excesivos problemas, no iba a ser fácil, pero al menos tendría un mínimo de supervivencia garantizada. Jamás había probado a hacer otra cosa: carecía de la voluntad necesaria para aplicarse a otras ocupaciones.

—¿Qué significa eso de que no me debes nada?

Sintió que el pelo se le erizaba, los coches tronaban como si pretendiesen romper la calle, las flores que estaban sobre la mesa se habían secado.

—Mi querida Larissa, significa que no te pago —dijo.

A Larissa le pareció ver una mueca de sadismo en su cara de cerdo.

—Disculpa, ¿eh? Mis libros los vendiste, ¿no? Y si vendiste mis libros eso quiere decir que ganaste dinero con esas ventas. Pues bien, un porcentaje de ese dinero es mío. Dime si me equivoco, Francesco. Aunque creo que no... ¿Me oyes, Francesco?

Él había colgado. Larissa sintió un grito sofocado en la garganta, directamente procedente del estómago, pero lo contuvo. Ni siquiera podía permitirse un abogado.

Navegaba en una cloaca y no veía ninguna salida. No le gustaba chapotear en las desilusiones ni el instinto le aconsejaba que se echase a llorar.

En una ocasión Leo le había hablado de un árbol que había visto en Sudamérica, lo llamaban «corazón de piedra». El tronco se había tragado una columna de mármol que ciertos misioneros habían erigido hacía varios siglos. El árbol había crecido alrededor de la columna y ahora esta se encontraba en el interior del tronco. Larissa se imaginó la cavidad, a saber cómo era vivir con una columna en el interior, a saber a qué opresión se enfrentaba continuamente el árbol que, tal vez, había crecido con la convicción de que destruiría a la columna si tenía un poco de determinación, y, en cambio, la columna permanecía allí, estable dentro de él.

La ansiedad le oprimió el pecho. Se precipitó a su dormitorio y se tumbó. Cerró los postigos, la oscuridad inundó la habitación. Quería desaparecer, deseó que el colchón abriese una boca invisible y la engullese. Le daba igual adónde podía ir a parar.

Solo le restaba una última posibilidad y alzar el teléfono y marcar el número en cuestión le costó menos de lo que pensaba. Estaba segura de que se estaba muriendo, de que no tardaría en perder el juicio. Había dejado de sentir la piel, las manos, las piernas, los pies y las rodillas parecían haberse separado de ella; se encontraba en un lugar que jamás había visitado hasta entonces.

—Si vendiese la casa. ¿me podría quedar en la tuya?

—¿Y por qué deberías vender la casa? Te la dejó tu padre.

—Sé de sobra quién me la dejó. Lo he pensado mucho y creo que la única solución que me queda es vender la casa; además, a saber cuánto tiempo tardaré en encontrar a alguien que me la quiera comprar, quizá varios años. Entretanto debo vivir, comer, hacer todas esas cosas que... bueno, ya sabes.

—Su tono era frío.

No deseaba que fuese así, su voz, recordaba a una estalactita dura e inquebrantable, pero si hubiese intentado parecer dulce habría obtenido un efecto poco humano, aún más brutal.

—Fuiste tú la que te quisiste marchar de mi casa, de manera que ahora el problema es tuyo. Disculpa, tengo cosas que hacer.

La madre de Larissa se preocupaba por el estado de salud de su hija, pero no tenía el menor interés en ayudarla. Lo único que necesitaba era saber que estaba mal para poder llorar y reflexionar sobre su capacidad de amar; ahora se contaría una historia cualquiera concluyendo que su hija, su única hija, su desgraciada hija, no había sido capaz de recibir su amor.

El teléfono sonó mientras Larissa cavilaba sobre las infinitas maneras en que podía matar a su madre.

Gunther, sepultado en la bañera llena de agua y sal, había tecleado su número.

Pensó que, si hubiese estado loco de verdad, le habría dicho que todo había cambiado.

Había un silencio extraño en él, un silencio que subía y bajaba por la garganta, la tráquea estaba traspasada por unos sonidos sin voz, la cabeza tranquila, el tórax trémulo, hacía tres años que no encontraba paz en el amor, en las manos, en las pestañas entreabiertas.

Recuperó la voz de golpe.

—¿Qué haces esta noche? Quiero pasar la noche contigo, Larissa, varias noches, Larissa, todas las noches entre tu seda, ¡qué sed, Larissa!

Ella soltó una risita. Luego le respondió con franqueza.

—Solo si me pagas unas cuantas consumiciones.

Para poder satisfacer su deseo debía vender al menos un loro antes de esa noche.

—Hazlo —dijo ella con los ojos tan oscuros como la habitación donde se encontraba.

De improviso Gunther se imaginó el cuerpo blanco de ella sepultado por las plumas coloreadas de los loros y una erección asomó la cabeza levemente sobre la superficie del agua. El perro, acurrucado en la alfombra, gimió y alzó la cabeza.

—¿Quieres un loro? —le preguntó Gunther a la vez que acariciaba al perro.

Larissa respondió que tenía dos gatos y que, en todo caso, no podía permitírselo.

—No te estoy diciendo que me lo compres, ¡te lo regalo!

—No es únicamente cuestión de dinero, no puedo permitirme tener una cosa que gorjea día y noche. El riesgo de agotamiento nervioso es ya demasiado fuerte como para echar más leña al fuego.

Gunther se quedó callado. Ella también.

Sintió que sonreía.

—¿Te has puesto rojo, Gunther?

—¿Y tú qué sabes?

—Yo también.

Sonrieron de nuevo, al unísono.

George entró en el cuarto de baño y vio a su amigo juguateando con la punta del pene que asomaba por el agua. Su piel estaba fría, llevaba consigo el viento de las calles de las que acababa de escapar. Tenía las manos agrietadas, el pelo refrescado por el hielo.

Jamás había oído a su amigo hablar con una mujer de esa forma, los pómulos estirados hacia arriba sin el menor esfuerzo, salpicados de rojo vergüenza, los ojos bajos y brillantes, la voz que salía de lugares desconocidos y brotaba por la boca, que se abría como hechizada.

Se dejó magnetizar por la erección de Gunther, se inclinó hacia él, lo rodeó con los labios, cerró ligeramente los dientes y serpenteó con la lengua.

Gunther se despidió de Larissa intentando allanar la voz. Los dos hombres continuaron, entre agua y vapores, mientras, al otro lado de la ciudad, Larissa no podía creer, no quería que sucediese, que fuese ese nihilista que apestaba a cerveza y a coño de puta el hombre que necesitaba.

Se plantó delante del espejo, alzó la sudadera y echó cuentas con el estupor. Observó el tatuaje que se había hecho en el costado izquierdo hacía unos meses. Era un centauro, una furia que galopaba hacia una meta ignota. Con las patas en alto, piafando, y el pelo agitado por el viento.

Lo había decidido cuando todos los hombres que habían desaparecido habían nutrido su ansia de amor. «El próximo tendrá que ser así —había pensado a la vez que intentaba atinar con las palabras para describir el dibujo al autor del tatuaje—. El próximo tendrá que ser así, un centauro, una bestia que no necesite huir».

El dibujo recordaba descaradamente a Gunther.

Por un instante pensó en lanzar los dados o en esparcir cuatro cartas por la mesa, en obtener varias señales, aún más, que someter a su desdén.

Pero podía dejar esas prácticas para la noche.

A fin de cuentas, existía ya un elemento que, por sí solo, hacía que Gunther le resultase extremadamente familiar. El símbolo de su recíproca pertenencia estaba en sus fechas de nacimiento y, por mucho que Larissa desease negar esa señal tan precisa, la verdad era que Gunther y ella tenían un tres en común y, además, sumando el doce del mes obtenía también un tres.

Saltaba a la vista: las estrellas, los mastodónticos movimientos planetarios lo habían decidido todo.

Imaginó su cuerpo curvado como un tres. El cuerpo de él, sus espaldas convexas, los ojos de uno en los del otro dispuestos a indagar en sus respectivas pupilas.

Once

La flor blanca de tul que Larissa se había prendido en el pelo era deliciosa.

Gunther había ido a comprarla bajo su casa y le había ofrecido el brazo, un gesto al que Larissa no estaba acostumbrada. Le costó permanecer a su lado, el intercambio de pieles demolía sus reticencias.

Bastó que Gunther parase un taxi, le abriese la puerta y subiese por el lado contrario para que Larissa se sintiese *ella,* esa *ella* de Gunther era una de las cosas que, quizá, la podían salvar.

Fuera del Rialto se apiñaban varios grupos de personas que aguardaban para entrar.

Pese a que la música aprovechaba la menor grieta en la pared y todas las ventanas y puertas abiertas para escapar de las habitaciones y fluir por la calle, el edificio era tétrico y estaba desmantelado. A Larissa no le costó mucho comprender por qué ese local, ubicado entre el Gueto y el Trastevere, estaba tan de moda: a la gente le gustaba profanar los lugares austeros, tocar música house entre paredes espesas y harinosas, pisotear suelos inciertos.

—Esperemos aquí —le dijo Gunther soltándola finalmente del brazo para encenderse un cigarrillo.

—¿A quién esperamos?

—A mi amigo George, el francés. Siempre llega tarde, pero debe de estar al caer.

Larissa notó que la flor resbalaba por el pelo. La apartó con rápido ademán de la mano y miró hacia delante, hacia los escalones rotos que conducían a la entrada.

Tenía ganas de estar en silencio.

Gunther la miraba con el rabillo del ojo. Cuando notó que se había perdido observando las piernas que subían y bajaban por la escalera decidió volverse hacia ella.

Dio una profunda calada, la sonrisa que le torció los labios dobló un poco el cigarrillo.

—Estás muy guapa esta noche —le dijo escrutando su cara, su pecho, sin pasar de la pelvis.

Larissa le sonrió para darle las gracias y se concentró de nuevo en las piernas que subían y bajaban como si fuesen autónomas, sin dueño. La mayor parte de la gente se movía mal, si en el pasado habían tenido conciencia de su cuerpo era evidente que la habían perdido para siempre.

El silencio que reinaba entre Gunther y ella no era natural, los dos lo sabían, pero preferían seguir así, encerrados en sus reflexiones.

Gunther necesitó un par de cigarrillos más para invitar a Larissa a moverse.

—¡George siempre llega tarde! ¡Siempre! ¡Lo esperaremos arriba!

Subieron por la escalera amplia y oscura, Larissa prestaba atención para que sus tacones no fuesen víctimas de alguna trampa tendida por la cal vieja.

Cruzaron un largo pasillo donde había poca gente, luego, como un embudo, se vieron inmersos en una multitud de carne y sudor que no lograban separar. Era imposible retroceder.

Larissa, parada al lado de Gunther, golpeaba ansiosa el suelo con un pie. Odiaba la muchedumbre, tenía calor, se sentía sucia y amenazada.

—Para ti es como estar en Nueva York, ¿verdad? —le preguntó él risueño. Por primera vez esa noche Larissa se dio cuenta de que Gunther no estaba borracho; ese descubrimiento la relajó.

—No eres el primero que me lo pregunta —dijo ella.

No supo si confesarle que había sido él, justo él, hacía ya muchos años, el que le había soltado la misma ocurrencia en otra fiesta. No lo hizo, no estaba seguro de que ella pudiese oírlo en medio de toda esa confusión.

Al final lograron superar el muro humano y entraron en la primera sala, donde la gente llevaba ya tiempo bailando. Hasta las paredes sudaban y el intenso olor a alcohol, dulzón, se mezclaba con el de los rancios efluvios de la piel.

Mientras cruzaban la sala en dirección al bar, una mujer alta con un flequillo que le tapaba casi por completo los ojos se acercó a Gunther. Llevaba una camiseta negra transparente y había cubierto los pezones con unos trozos de cinta adhesiva negra.

Larissa le miró las manos: debía de tener más de treinta y cinco años; a diferencia del resto, las manos nunca mienten.

Gunther se sintió atraído por las dos bandas negras que tapaban sus pezones y abrió la boca como si pretendiese acogerlos, sonrió a la mujer y la besó en la boca.

Al cabo de unos minutos Larissa supo que los dos se conocían ya desde hacía bastante tiempo, si bien habría preferido ignorarlo. Era mucho mejor considerarla una desconocida que se había acercado a ellos y que se marcharía sin un nombre, un número de teléfono o una dirección.

Valeria los siguió hasta la sala interior donde Larissa se había acomodado, incapaz de permanecer en equilibrio sobre los tacones, obligada a la inmovilidad por los cientos de personas que se daban empellones y bailaban sobre apenas unos centímetros de suelo.

Gunther les trajo algo de beber y Valeria se lo agradeció con una risotada prolongada. Larissa puso los ojos en blanco. Se preguntó por qué la había invitado si su intención era estar con esa tipa con la cinta adhesiva en los pezones.

Apoyó el bolso en las rodillas y las manos sobre él, y simuló que observaba a la gente, aunque lo mismo habría dado que tuviese los ojos cerrados: se hallaba en una fase narcótica que enmascaraba con los ojos bien abiertos y empalmando un cigarrillo tras otro que, en realidad, se consumían entre los labios.

Gunther no le dirigió la palabra y siguió jugando con Valeria quien, en ese momento, le estaba ofreciendo una loncha de jamón como si fuese un gatito; se la balanceaba delante de los ojos y cuando él intentaba hincarle los dientes Valeria la levantaba. Repitieron el gesto una decena de veces, hasta que Gunther le agarró una mano y se la llevó a la boca mordiendo el jamón y los dedos de su amiga.

Larissa volvió a sentir una contracción en la parte interior de los muslos, sus músculos pataleaban como si le sugiriesen que escapase de allí.

Lo sacudió con violencia.

—¡Gunther! —Su voz sonó más dura de lo que pretendía—. ¡Gunther!

George se estaba quitando el gorro, sus manos huesudas parecían las de un viejo.

Larissa se levantó del puf, plantó enérgicamente los pies en el suelo y se encaminó hacia el bar ignorando a George, que ocupó su asiento.

Cuando volvió con un vaso lleno hasta el borde vio que los tres seguían sentados; Gunther había levantado la camiseta transparente de Valeria y le hacía cosquillas en los pezones, debajo de la cinta adhesiva.

—¿Tú eres George? —preguntó al desconocido que le había quitado el sitio.

Él le escrutó la barriga antes de subir hasta la cara.

Larissa no podía asistir a esos juegos, dado que, hasta hacía apenas unos minutos, había disfrutado del roce de Gunther en su brazo y había intuido sus ojos posados en ella.

—Bailemos —ordenó a George.

Él se levantó, era treinta centímetros más alto que Larissa, de manera que juntos eran caricaturescos.

—Si vas a bailar dame tu vaso —dijo Gunther sacando los labios hacia fuera.

—No me molesta para bailar —contestó ella.

George, más que Gunther, era capaz de abrirse espacio entre la multitud, de manera que en un abrir y cerrar de ojos llegaron al centro de la pista.

Larissa todavía no había mirado a la cara a George, al principio le habían llamado la atención su delgadez y su estatura.

La flor que llevaba en el pelo seguía resbalándose, pero ni siquiera por un instante sintió la necesidad de prenderla en la camisa o de metérsela en el bolsillo. George la sujetó con un dedo antes de que se cayese al suelo.

Debido a su altura era difícil bailar con él, además Larissa sentía la insustituible necesidad de saber qué estaba ocurriendo en la otra sala entre Gunther y Valeria.

Cogió a George de la mano y esta vez fue ella la que lo guio entre la multitud en cuyo interior desaparecía, únicamente se veía su cabellera y la flor, que un desconocido intentó robarle antes de que ella le pegase en las manos con una cierta fuerza.

Encontraron a Gunther de pie delante de un grupo de personas, parecía escucharlas con suma atención. Ladeaba la cabeza a derecha e izquierda y parpadeaba moviendo las pestañas. Larissa tuvo la impresión de que se trataba de una muñeca, de una de esas que le daban miedo cuando era niña.

Se acercaron y él los recibió con una sonrisa mecánica. George se la devolvió. Los ojos de Larissa reflejaron cierto temor.

—¿Dónde está tu amiga? —le preguntó ella.

Gunther hizo un ademán frívolo con la mano, los dedos hechizados.

—Ha desaparecido.

Larissa sentía que la sangre fluía a demasiada velocidad y le impedía permanecer incluso diez minutos más en ese lugar.

Aprovechó la ausencia de Valeria para invitar a Gunther y a George a su casa.

—Tengo media botella de vodka, podemos comprar otra por el camino. Luego, si hacemos una llamada prudente por teléfono podemos solucionar lo de la coca.

En el mismo momento en que hacía la propuesta se arrepintió. ¿Qué quería de esos dos? ¿Qué pretendía realmente de Gunther? La imagen de las manos de Gunther tocando los pelos de su vagina le disgustaba, y de George no conocía la voz, ni siquiera lo había mirado bien a los ojos, por no mencionar el olor, era imposible distinguirlo entre todos esos cuerpos sudados. No obstante, insistió.

—¿Entonces? ¿Vamos? —Se ahogaba de impaciencia.

Los dos amigos se miraron. Gunther, puede que sin hacer gala de excesiva ingenuidad, dijo que iba a buscar a Valeria, que tal vez le apetecería ir con ellos. Desapareció entre la muchedumbre. Larissa sentía las piernas exhaustas y cargadas, como si miles de venas y capilares hubieran estallado en ellas. Se sentó, George lo hizo delante de ella. Trataron de ignorarse durante unos minutos. Cuando la situación se tornó embarazosa se decidieron a hablar.

—De manera que eres de París.

—Sí, pero no siempre he vivido allí.

—¿Viajas mucho por trabajo?

George recogió el gorro que se le había caído del bolsillo y se lo volvió a meter en él de cualquier manera.

—Puedo viajar por trabajo. Soy fotógrafo. ¿Y tú?

Larissa se sentía cohibida cada vez que alguien le preguntaba por su trabajo.

—Bah. Escribo —respondió.

El interés que reflejaron los ojos de George indujo a Larissa a observarlos más atentamente: eran azules, un color que consideraba, al menos, tan perverso como el número cinco. Estaba convencida de que existía una relación entre el número cinco y el color azul, y siempre le habían gustado los hombres que los tenían del color del bosque porque representaban el número siete. Porque los ojos del bosque apenas mentían, en tanto que los ojos azules eran indescifrables, estaban permanentemente perdidos en el horizonte, demasiado concentrados en las variaciones del aire.

—¿Qué escribes? —le preguntó.

—Poesía. Escribo unos poemas de mierda y a partir del mes que viene seré una periodista de mierda y ganaré setenta euros por artículo. Imagínate.

George soltó una carcajada. Tenía una risa profunda y melancólica. Larissa no pudo seguirla: Johannes se había plantado detrás de ella con otro de sus gorros, en esa ocasión era de lana morada con unos lápices clavados en él.

—Poetisa de mierda, pero hermosa —dijo, y luego saludó a George.

Se sentó a su lado antes de que ella pudiese impedírselo. Su suéter de lana áspera apretaba las hombreras de su camisa de seda blanca.

—¿Puedes apartarte un poco, por favor? Picas —dijo Larissa empujándolo con una mano.

Acto seguido se inclinó hacia George.

—¿Por qué no vas a buscar a Gunther, por favor? Ha llegado incluso el falso alemán, tengo miedo de morir si no salgo de inmediato de aquí...; es más, yo bajo, os espero en la calle.

Nada más salir y encenderse un cigarrillo tuvo la impresión de que regresaba al mundo. Aspiró con fuerza el humo y el aire frío de las horas sucesivas a la medianoche. Sin saber por qué, de golpe, entre todos los retazos de pensamientos que flotaban y se enmarañaban en su mente, eligió uno que nunca había notado, pese a que debía de estar ahí desde siempre, si resultaba ser exacto. Pensó en Gunther, que aún estaba dentro del local con Valeria, sintió que, de nuevo, un escalofrío le recorría la piel, pero no era esto lo que la molestaba, no. Era el deseo. Jamás había deseado realmente a nadie y era la primera vez que una constatación similar se abría espacio entre sus antiguas certezas.

Siempre había sido una mujer que deseaba el deseo, que se entregaba en exceso, que se desvivía buscándolo, y que luego lo atribuía a simples máscaras. Nunca había deseado a un hombre ni había deseado de verdad hacer el amor con él. Siempre había ocurrido por aburrimiento o por vanidad. Se avergonzó de sí misma, clavó los ojos en las piedras que tenía bajo sus pies y tuvo la certeza de que se había ruborizado.

Pero solo mucho tiempo después descubriría que esa noche había sido el deseo, y no un disfraz cualquiera, el que la había adormecido entre los brazos de George y de Gunther. Poco antes de cerrar los ojos, mientras George tosía esperando el sueño y Gunther roncaba, pensó que sí, que era capaz de experimentar y manejar su deseo. Había elegido.

Había elegido ya a la salida del Rialto, cuando había visto a los dos amigos bajar corriendo la escalera, riéndose, seguidos de Johannes y de Valeria, que discutían agitando los brazos. El grupo había subido al coche de Valeria y si Larissa había preferido sentarse delante era porque no quería, de ninguna manera, estar al lado de Gunther.

Era evidente lo que quería hacer incluso cuando Gunther tumbó a Valeria sobre la alfombra y vio que su lengua exploraba a fondo la boca de ella. También Gunther había elegido, había elegido a Larissa y a George, los había elegido desde el primer momento, dado que dejó que Valeria se marchase varias horas después, y todos estaban borrachos, con los cerebros ofuscados por los gramos de coca que circulaban por sus vasos sanguíneos. Valeria se marchó con un trozo de adhesivo menos en los pezones. Johannes había resistido una hora más y su gorro había perdido dos lápices. Los gatos de Larissa los interceptaron cuando crujieron al caer al suelo y los hicieron rodar empujándolos enérgicamente con las patas.

Luego se habían quedado los tres contemplando el silencio en que se había sumido, de repente, el apartamento. Estaban sentados en el mismo sofá, Gunther cerró los ojos, Larissa se dirigió a los ojos felinos, George los alzó al techo. Después ella se levantó, se dirigió a la vitrina donde estaban las películas y eligió una de Woody Allen. La introdujo en el vídeo y le llevó diez minutos darse cuenta de que estaba en versión original. Gunther había abierto los ojos. Los tres miraron *Annie Hall*, aunque ninguno siguió realmente la historia.

Gunther y George observaron el culo de Larissa en tanto esta se encaminaba hacia su dormitorio, oyeron que se lavaba los dientes, la cisterna del váter y el crujido de las sábanas cuando se metió en la cama.

George se acababa de echar, rígido y frío, al lado de Larissa, sobre la que Gunther se había abalanzado sin más. La oscuridad borraba sus rostros como una esponja mágica y las únicas cosas reconocibles eran sus manos, demasiado diferentes para no poder reconocerlas. Mientras la mano áspera y grande se movía con poca gracia y mucha ansia sobre su pecho izquierdo, por el cuello de Larissa se deslizaban los dedos sutiles y fríos de George, quien deseaba que las uñas de ella rozaran, produciéndole un leve dolor, sus pezones, Gunther yacía de espaldas, con las piernas abiertas y la mano de Larissa en la parte interior de sus muslos, luego sus tobillos, entrelazados, y los labios de todos sobre todos, las lenguas ocultas en los recovecos, la exhibición impúdica de las respiraciones, y a continuación Larissa encima de George y Gunther sobre ellos dos, y la mano de ella entre el pene de los dos hombres, la mano que se acercaba a los dos penes, los tres sexos religiosamente unidos, las cabelleras como cascadas, ardientes y punzantes, los sudores resbaladizos y palpables, los dientes sobre la carne, las uñas sobre la piel, los ojos cerrados y luego abiertos en la oscuridad, la vida dentro de un círculo, un círculo perfecto, sin ángulos, un territorio lunar e ingrávido, inevitable el placer, parte de una totalidad que se habría fracturado si uno de los tres no hubiese estado allí, si uno de los tres hubiese abandonado el sendero. Era como si un imán hubiese recogido los trozos dispersos de cada uno de ellos y los hubiese dispuesto ordenadamente sobre una mesa vacía que había esperado durante años desolada, había esperado durante años a que el esplendor la cubriese de nuevo.

Larissa y George volvieron a hacer el amor esa noche, en tanto que Gunther dormía. Se gustaban, y Larissa no tuvo ninguna dificultad en admitirlo mientras miraba de vez en cuando el cuerpo dormido de Gunther y reconocía que George le gustaba más, si bien el olor de Gunther le penetraba en la nariz y en el corazón como ninguna otra cosa en el mundo.

De esta forma los invadió la calma, y sus sueños fueron placenteros.

DOCE

Sabes cómo nacen los cuclillos?
—Claro que lo sé. ¿Y tú? ¿Sabes que cada vez que un cuclillo canta después del atardecer muere la primera hija de un campesino? —preguntó Larissa.

George estaba sentado en una silla de la cocina bebiendo una taza de café.

—Eso sí que no lo sabía, de verdad.

La observó mientras deslizaba los granos de café en el interior de la máquina: el cuerpo desnudo, descompuesto por el movimiento de la mano que, aferrada a la palanca, hacía saltar el pecho, los muslos, las mejillas, el pelo.

George experimentó una extraña sensación de éxtasis: extraña porque, por lo general, permanecer prolongadamente en el mismo lugar le producía tristeza y temor. Pero esa mañana se sentía feliz en la inmovilidad, en ese tiempo al margen de la ley, en ese lugar protegido por el sol y con esa mujer a la que acababa de conocer y con la que había consumado su amor durante toda la noche y con la que le gustaría seguir haciéndolo durante el resto del día.

George se preguntó si Larissa se molestaría si le manifestaba su excitación, pero luego vio la sonrisa que le dedicaba mientras le servía el café en la taza. De manera que, sin temor alguno ya, se acercó a su cuerpo desnudo.

La tomó sobre la encimera lisa y contigua a los fogones, hicieron el amor lentamente y sin reticencias, como unos amantes que, en el culmen de su historia, conocen sus fantasías más recónditas.

Fue fácil gozar cuando George la penetró, inevitable vivir varios instantes de agonía, en los que el corazón parecía detenerse, hasta que sintió que su pene expulsaba el líquido dentro de ella.

Larissa abrió desmesuradamente los ojos, como si hubiese sentido un tremendo dolor.

—¿Te he hecho daño? —preguntó George inquieto.

Ella se deslizó por la repisa hasta que sus pies tocaron el suelo.

En ese instante Larissa se dio cuenta de que la primera vez que había hecho el amor con Gunther también había sido poco prudente. Y lo mismo podía decir de Gaetano, cuyo esperma había recibido al mismo tiempo que su carne.

Contó a toda velocidad los días y se dio cuenta de que era más afortunada de lo que creía.

—Todo bien, George. De maravilla.

Oyeron un gran estruendo en la otra habitación: Gunther debía de haberse caído de la cama.

Se dirigieron al dormitorio de puntillas y cuando lo vieron a los pies de la cama, todavía dormido, ahogaron la risa tapándose la boca con las manos entrelazadas.

Gunther abrió los ojos bruscamente y masculló algo sobre los loros.

—Imagino que tendrá que ir a ocuparse de sus pájaros —susurró George acercándose a él y, haciendo un gran esfuerzo con los riñones, lo subió a la cama.

—¿Crees que debemos despertarlo y recordárselo? —preguntó Larissa.

George se encogió de hombros.

—Da igual, de todas formas debo volver a su casa. Yo me encargaré de los loros.

Larissa sintió cierto pesar cuando vio que George cerraba la puerta a sus espaldas.

No comprendía cómo era posible sentirse tan unida a dos hombres después de una sola noche en que los dos estaban alterados por el alcohol y las drogas. Hacía años que no se había sentido vinculada a alguien como esa mañana.

Buscó el calor del cuerpo de Gunther y se tumbó a su lado. Él notó la piel de ella y abrió un solo ojo, sonrió agradecido y la abrazó arrastrándola hacia su cuerpo.

Varias horas más tarde hicieron el amor, ferozmente, y durante el resto del día se tocaron los ojos y los hombros y volvieron a hacer el amor, en varias ocasiones, hasta el atardecer, cuando George regresó cargado de bolsas de la compra y anunció una gran cena.

Gunther y Larissa aplaudieron silbando con fuerza y cada uno eligió una función: Gunther se ocupó de las bebidas, Larissa de la música y de la mesa que, después de varios meses de abandono, se sintió gratificada al recibir de nuevo los platos y los cubiertos, y la jarra de cristal en el centro. Las velas gastadas desgarraban con su luz la madera de caoba.

Pero esa meticulosa preparación no tardó en revelarse inútil: Gunther y George cogieron a Larissa, uno por los brazos y el otro por las piernas, y la tumbaron sobre la mesa, la desnudaron y utilizaron su cuerpo como plato.

Valiéndose de la boca y los dedos descubrieron el significado de la palabra «alimento», al igual que los campesinos y la tierra cuando se regalaban dones extraordinarios. Semejante a la Madre Tierra, Larissa nutría a sus hombres, que le ofrecían a cambio comida y caricias.

Los Pink Floyd sobrevolaban la habitación concediéndoles el privilegio de ser, de sentirse, primitivos, más primitivos que los demás, más primitivos que nunca.

Ninguno pensó en la palabra «amor», ninguno tuvo la impresión de que se trataba de una aventura erótica de breve duración. Se estaban regenerando, hidrataban los rincones secos, suavizaban las escoriaciones.

La Navidad estaba en puertas, en las ventanas brillaban los árboles de plástico y las bolas plateadas. Tenían una eternidad por delante, aunque lo cierto era que los tres habían perdido la noción del tiempo y tardarían muchos días en recuperarla.

Luego se echaron sobre la alfombra con la cabeza vuelta hacia la ventana para contemplar las estrellas.

—¿Te he contado lo que George y yo vimos ayer? Vamos, George, dile a Larissa lo que vimos ayer. Díselo.

—¿Qué vimos ayer? —preguntó el otro intentando recordar.

—Castel Sant'Angelo. ¡El ángel! ¡Díselo, George, cuéntaselo a Larissa!

Le contaron que el ángel había intentado matarlos con la cruz. Después de que Larissa los escrutase durante unos segundos con una ceja arqueada y el cigarrillo entre los dedos, era de suponer que les iba a tomar el pelo.

—Estúpidos, no era una alucinación.

—Nos habíamos tomado un ácido, chica —dijo Gunther.

—Ah, por supuesto, lo sé. Pero no fue el ácido el que hizo que el ángel se moviese, lo habría hecho de cualquier forma... A ver si me explico: ese ángel se balancea continuamente, durante todo el día. Pero vosotros sois unos espíritus sencillos, solo conseguís verlo si estáis cocidos.

Gunther la miró socarronamente, George se reía.

—Cuéntanos... tú que eres un espíritu complejo —empezó a decir.

—Espíritu inteligente —lo corrigió ella. Gunther exhaló un suspiro.

—Ok. ¿Qué te hace pensar que ese ángel está siempre ahí dispuesto a arrojar la cruz sobre la cabeza de la gente? ¡Por los clavos de Cristo: nos habíamos tomado un ácido!

—Por lo visto os tengo que explicar todo..., que conste que lo hago porque os adoro: el ácido desinhibe, amplía las percepciones. Os hace ver cosas que vuestros ojos ciegos y desnudos no son capaces de ver.

—¿Tus ojos ven bien? —le preguntó George con expresión escéptica.

Larissa recogió el guante y cerró los ojos. Se quedó callada durante unos minutos.

—George, querido —dijo, al final—, hasta que no quites esas botas de goma roja de la entrada tendrás un problema más del que ocuparte.

George apretó con fuerza el brazo de Gunther, que lo miró con expresión enfurruñada.

—¿Se ha enfadado?—le preguntó.

—¡No! ¿Cómo podría? —dijo el otro echándose a reír, sintiendo que un sinfín de minúsculos animales, quizá hormigas, mariposas, le recorrían el esófago, empujaban contra el paladar, listas para que las expulsase con malos modos.

Larissa se irguió, molesta por el exceso de escepticismo.

—¡Haced lo que os dé la gana!

George y Gunther siguieron riéndose, después decidieron que esa noche se quedarían tranquilos; se harían tres porros, uno por persona.

Mientras enrollaban con seguridad el fino papel, Larissa seguía amenazándoles con aterrorizarlos esa noche.

—Invocaré a todos los espíritus que pueda —decía mientras trataba de ponerse un vestido y un par de medias.

Más tarde hicieron lo que cualquier pareja cansada y apasionada hace por la noche antes de irse a dormir: se tumbaron en el sofá con los brazos y las piernas entrelazados como nudos natalicios.

—¿Qué haremos en Navidad? —preguntó George a sus amantes adormecidos.

—Pensaba que volverías a París —dijo Gunther con los ojos cerrados esbozando una sonrisa de satisfacción.

—Dejadme que la pase con vosotros —suplicó Larissa, a la que cabía imaginar con las manos unidas y apoyadas en el corazón—, os lo ruego. Si no me veré obligada a estar con mi madre.

George se levantó y se dirigió al cuarto de baño.

Gunther aprovechó su ausencia para hablar a Larissa de los loros. Le describió la forma de los picos de las diferentes especies.

—Por ejemplo, no me gustan los curvados de los ara.

Alabó su plumaje y su capacidad intelectual.

—Los colores son muy fuertes y su inteligencia equivale a la de un niño de cinco años son tan afectuosos como los perros y los gatos dan besos en la boca ya sabes esos besos en la boca pero sin lengua reconocen tus manos y tu olor los educas claro que se dejan acariciar entre ellos son violentos hacen el amor como si estuviesen ejecutando una danza...

Pero Larissa estaba ya soñando. Una troupe cinematográfica había invadido su casa y la había transformado en un complejo industrial donde los maquilladores, las modistas, los electricistas y hasta el mismo director se convertían en unos solícitos trabajadores. Larissa se puso a buscar a los gatos, encontró a uno escondido en un rincón, los lados de la barriga, abiertos, habían sido cerrados con película transparente. Cuando respiraba la película se hinchaba como branquias en búsqueda de oxígeno. A cierta distancia otro gato había sido inmovilizado sobre dos palos de madera horizontales, estaba tumbado sobre un costado y también él tenía los trágicos agujeros en las costillas.

Un cerdo, colocado sobre una mesa con un gran agujero en el centro, a diez metros de altura sobre el gato, paría con excesivo dolor, el dolor inmenso que hace llorar a los cerdos como recién nacidos aterrorizados.

Los cerditos resbalaban desde la vagina de su madre por el agujero de la mesa y caían al vacío atravesando el espacio que los separaba del gato y traspasando su cuerpo.

Pero cuando el cerdito salía por el lado izquierdo abierto del gato se transformaba en un pollo desplumado con los muslos abiertos y ya embalado, listo para ser distribuido en los supermercados.

Larissa saltó como la culata de una pistola: Gunther y George dormían boca arriba a ambos lados de ella; todavía aturdida por el sueño, con los ojos abiertos pero ciega, se convenció de que George había traspasado sus costillas y se había transformado en Gunther, y en ese estado de éxtasis ella podía decirse convencida de que estaba viviendo el rarísimo privilegio de poder ver el antes y el después de un cuerpo en transformación. Pero le bastó apenas un instante para darse cuenta de que no se trataba de una magia siniestra, que, en realidad, el asunto era aún más mítico, más sorprendente. Larissa estaba embarazada.

SEGUNDA PARTE

BUENOS AIRES

TRECE

La decisión se tomó en una noche. Tuvieron incluso tiempo de organizar una cena de despedida con sus amigos.

Larissa se había sentido obligada a confesar a George su intuición.

Durante esos días había recuperado las ganas de escribir y había superado el miedo de reconciliarse con las palabras que había perdido, que habían muerto, colgadas de unos vanos hilos de desencanto. Sus manos alisaban ahora frenéticas los folios de color marfil del cuaderno; sus uñas arañaban las rayas negras y horizontales cada vez que escribía a vuela pluma; y la idea, la arcaica sensación volvía a partir del ombligo y a detenerse en el pecho.

George leía poemas de Maiakovski echado sobre el sofá, tan sensible a las afinidades del poeta ruso con el poeta que quería y compartía con una mujer, también ella querida, que un estremecimiento de ternura lo sacudió en el nacimiento de la nariz, donde sus ojos pequeños y móviles se juntaban.

—Tengo que decirte algo, George.

Larissa apareció en la habitación peinada con una larga trenza que le caía por el hombro y tapada con una gran manta de lana roja. Sus pies descalzos parecían calientes, como las mejillas, como la sangre que la luz de la lámpara revelaba bajo su piel transparente.

George dio una palmada en el sofá, a su lado. En ese ademán hubo algo que lo hizo sentirse adulto, repentinamente hombre. Hacía muchos años que no se ocupaba de una mujer.

Larissa se sentó con pudor, el mismo pudor que tenía su abuela cuando la visitaba y tocaba sus cosas, dormía en su cama y se sentaba en sus sillones como alguien que sabe reconocer los territorios y respetar sus reglas.

—¿Puedo extenderme? Quiero decir: ¿puedo empezar en el pasado remoto?

George le sonrió, Larissa se levantó y se precipitó hacia la otra habitación, de donde volvió a reaparecer con furia agitando una hoja ligera de papel de seda.

—¿Tienes la menor idea de lo que es un cuadro astral? —le preguntó escrutándolo con autoridad.

George negó con la cabeza.

—¿En tu opinión Gunther está en una condición tan pésima como la tuya?

—Supongo que sí.

—En ese caso es todo un problema... hay que llamar a Gunther. ¿Dónde está? Es importante que él también lo sepa. —Sus cuerdas vocales hacían vibrar las erres de manera neurótica, parecían unos muelles tensos.

—Tenía que ver a un tipo que quería comprar una pareja de loros.

—Claro. Estará con la tal Annabella, esa, cómo se llama, esa que se tapa los pezones con cinta adhesiva... Oye, la intuición la has tenido ahora y debes decirla en este momento, Gunther pierde siempre sus ocasiones, no considero que sea problema mío.

Colocó el folio sobre la mesita que había junto al sofá. Un círculo grande rodeaba dos más pequeños. Larissa la llamó «una superposición de cielos».

Dentro de cada círculo había trazados unos signos y en el círculo más pequeño, el que estaba en el centro, unas líneas enlazaban los símbolos.

—No espero que lo entiendas todo, no tengo tiempo de explicártelo. Pero un día lo haré, me pareces una persona receptiva. También Gunther lo es, puede que más que tú, no te ofendas. ¿Ves esta luna de aquí? —dijo Larissa indicando una medialuna que se encontraba en el polo norte del círculo.

—Es la diosa madre, la que gobierna la vida de las mujeres, la que ordena la maternidad, la que dispone la concepción. Yo, sin ir más lejos, tengo a la Luna en Leo, eso significa que siento una fuerte necesidad de vivir la experiencia de la maternidad. Piensa en las leonas, en las gatas madres, en fin, ¿no? Son las mejores madres del mundo, son las madres de todos, dispuestas a nutrir como sea a su prole... Estoy divagando, George, estoy divagando.

—Sigue, no te detengas —dijo George alargando las piernas en el suelo.

Se estaba divirtiendo mucho, seguía la luz asaeteadora que desprendían los ojos de Larissa al mismo tiempo que el calor que emanaban los radiadores y de su frenesí parecía querer deshacerle la trenza.

Larissa apuntó de nuevo el dedo hacia otro símbolo.

—Este es Júpiter. ¿Entiendes lo cerca que está de la Luna? ¡Están pegados! Unido a la Luna Júpiter redondea a una mujer. Hace meses estaban situados en dos polos completamente distintos, la línea que los unía dividía el círculo por la mitad. Ahora no pueden estar más próximos, pegados, como te digo. ¿Los ves?

Los dos se volvieron hacia la puerta de entrada: había crujido. A continuación se oyó un ruido sordo y sonó el timbre.

Larissa cogió la carta astral y fue a abrir. En el descansillo su madre la miraba con ojos fríos y hueros. A sus pies yacía una caja de cartón. Alargó el cuello por encima de los hombros de su hija intuyendo la presencia de un invitado.

La primera oración silenciosa de Larissa fue por Gunther, estaba segura de que si hubiese llegado en ese preciso momento su madre habría comprendido todo. A buen seguro la habría despreciado por estar con dos hombres, la habría insultado delante de ellos. El segundo ruego fue que se marchase de allí lo antes posible, su cuadro astral se había visto ya demasiado dañado por la presencia de su madre. Esa Luna, esa madre distante de todo, de todos los planetas que exigían amor y comprensión y recibían a cambio el descuido, todos esos planetas estaban muy alejados de su madre, de la Luna que en ese momento se encontraba tan próxima a Júpiter, hasta el punto de sugerir la posibilidad de que Larissa hubiese hecho coincidir la maternidad física con la maternidad ideal en el interior de su cuerpo, una maternidad inmensa, cósmica, maravillosa.

—No estás sola —dijo su madre.

Larissa optó por desafiarla, la dejaría entrar, incluso podía revelarle la presencia de Gunther. Quizá así se vería obligada a escapar y desaparecería de su vida para siempre.

—De acuerdo, entra, me pone nerviosa verte ahí fuera.

La madre arrastró la caja de cartón al interior del piso bajo la mirada disgustada de su hija.

—¿Qué es eso?

Su madre no respondió y enfiló la entrada del salón donde George simulaba leer.

Al percibir una suerte de amenaza en el ruido que hacían los tacones sobre el parqué alzó los ojos. Se miraron intensamente el tiempo necesario para que Larissa no sospechase y se saludaron con el aire de quien no siente el menor interés por el otro y trata de disimular un azoramiento tan fuerte como inexplicable.

—Te presento a mi madre, George. Mamá, este es George. ¿Para qué has venido? ¿Qué hay en esa caja?

Su madre rodeó la caja en cuestión y, de espaldas a George, se inclinó para sacar algo.

Si Larissa la hubiese metido en ella de un empellón y la hubiese embalado con la cinta adhesiva marrón, ¿habría tenido alguna esperanza de salvación?

Sintió la tentación de enseñarle la carta astral, pero, en cambio, dejó que su madre cogiese el Hermes del premio de poesía, que se preparase el centésimo café del día, que se sentase al lado de George, se descalzase y se masajease los pies regordetes que siempre había detestado, que se encendiese un cigarrillo y hablase con un mudo y sosegado George valiéndose del misterio femenino del que carecía por completo.

Larissa permitió que todo eso se produjese, que la vanidad de su madre explotase dentro de esa casa recientemente acariciada por el amor, florecida después del invierno.

Luego la acompañó hasta la puerta con suma cautela, caminando ligera sobre el pavimento, su corazón latía en crisis con la mente.

—Mamá, creo que estoy embarazada —le dijo cuando se encontraban ya a la salida.

Su madre la miró con gesto de desprecio.

—Solo espero que ese no sea el padre —dijo a la vez que desaparecía en el ascensor.

No se volvieron a ver.

—No, esperemos a Gunther.

—Pero si antes estabas dispuesta a revelarme un gran secreto... —dijo George hundiendo una mano en las bragas de ella.

—Antes era antes. Debes saber, George, que es imposible atribuir un sentido a las cosas cuando mi madre se encuentra en los alrededores. Hazme caso, esperemos a Gunther. Mientras tanto podemos follar un poco si te apetece.

¿Qué habría podido confesarle George? La tensión de la visita le había bloqueado cualquier frenesí amoroso, a diferencia de Larissa, en quien se había acrecentado. Le sucedía a menudo desear el amor cuando tenía el pecho y la mente cargados de terribles pensamientos: el sexo la ayudaba a borrarlos con unos orgasmos fáciles y breves.

Aguardaron a Gunther y salieron; hacía mucho viento, pero se sentían tan fuertes que nada podía turbarlos. Dentro de un local abarrotado de cocainómanos donde las mujeres lucían mallas con estampado de leopardo y los hombres sombreros de fieltro y cazadoras de piel escrutaron a las parejas que estaban sentadas a su lado y se sintieron extremadamente poderosos: estar en trío no era, como muchos pensaban mientras se besaban, despedazar en tres puntos la energía y tornarla inutilizable. Era justo lo contrario: el amor necesita multiplicarse y cuanto más se multiplica más aumenta su energía, de manera que intercambiar triangularmente energía equivalía a hacer infinitas, no solo las posibilidades de su cuerpo, sino también las metas del espíritu que una relación tradicional habría obstaculizado. ¿Por qué esa mujer ofrecía su lengua primero a uno y después al otro? ¿Y por qué los dos hombres se besaban como si fueran un hombre y una mujer? Buscar respuestas a esas cuestiones dramáticas empujó a los habituales del local a consumir más cocaína, cada vez más, ahogada en carísimas copas de daiquiri y de vodka con limón. Esas parejas marmóreas eran dueñas de unos secretos inconfesables, cada uno de ellos coleccionaba tres o cuatro amantes, todos ellos ocultos, sepultados bajo una capa de hipocresía.

Larissa notó que George escrutaba la pareja que estaba al lado, dos treintañeros muy estilosos y parcos en sonrisas.

—Al menos todos hemos visto una vez en la vida una pareja muda y triste sentada en la mesa contigua —dijo.

—¿Crees que, de verdad, no tienen nada que decirse?

—Te explico cómo funciona: ciertas personas están hechas para vivir juntas. Es decir, en mi opinión existe alguien que, de verdad, es perfecto, compatible con otro. Lo que sucede es que, con frecuencia, la gente no tiene ni ganas ni paciencia, por no mencionar la pasión y el valor, para viajar, buscar y encontrar a la persona realmente adecuada. De manera que se contentan con el que les parece simplemente potable, en el mejor de los casos acaban uno frente a otro sin tener nada, absolutamente nada que decirse. Así es como funciona. —Se tocó la cara, ardía.

—O han reñido —añadió Gunther.

—O han reñido —corroboró Larissa.

CATORCE

Larissa no había subido a un avión desde hacía varios años. La última vez regresaba de Cuba, donde había pasado con Leo la luna de miel.

En el pánico que le había formado un nudo en la garganta había reconocido de improviso un drama más profundo, que aumentaba cada vez que el miedo le imponía apretar la mano de su marido. Estaba claro que la tragedia había sido directamente parida por esa relación en la que se obstinaba en creer negándose a admitir que se estaba desmigajando: la fuerza a la que recurría para mantener en vida su matrimonio se había trasmutado en un terror letal.

Así pues, Gunther, Larissa y George caminaban por el aeropuerto de Roma cansados, sudados y con una novedad que pasear, que ocupaba aún con timidez el regazo de Larissa. Varios días antes ella le había pedido a Gunther que le comprase un test de embarazo y él había salido corriendo a la calle con los ojos aún hinchados y legañosos, había regresado al cabo de unos minutos, había desenvuelto el paquete y le había pasado la barrita. Ella había salido del cuarto de baño antes de tener el resultado y los tres habían esperado acodados a la mesa, moviendo las piernas, nerviosos por si la segunda línea aparecía, luego la segunda línea había aparecido y las piernas se habían parado y los tres se habían sentido solos con un único destino que compartir. La primera cosa que a ella se le había ocurrido decir era: «Os lo había dicho, mi cuadro astral no dejaba lugar a dudas», pero se había limitado a palparse la barriga con un ademán ingenuo como cuando las mujeres alzan el borde de la falda o de los pantalones al correr por temor a tropezar. De igual forma la certeza del embarazo había guiado la mano de Larissa hacia el ombligo mientras los presuntos padres demostraban torpeza en sus ademanes, ni siquiera recordaban a los suyos, de forma que se habían quedado inmóviles buscando una solución al tema.

Gunther, tal y como solía hacer cada vez que se disponía a entablar un largo discurso, se había encendido un cigarrillo y lo había apurado hasta el filtro en silencio al mismo tiempo que caminaba de un lado a otro de la habitación. George y Larissa sabían que no tardaría en hablar, así que habían aguardado en silencio, él sintiendo de nuevo el peso de la ansiedad que había desaparecido en apariencia hacía varias semanas, desde que vivía en ese piso, y ella consultando el tarot.

Una joven Reina de Copas se masajeaba la barriga hinchada, protegida por la seda roja. La flanqueaban dos caballos. El primero, que tenía el pelo dorado y una corona de flores en la cabeza, parecía bailar al ritmo de la música que difundía la naturaleza circundante. El otro era el Mago, que se mostraba impaciente por encontrar entre los utensilios que había desperdigados por la mesa el objeto que, según revelaba claramente su mirada lastimosa, le salvaría la vida.

La cuarta y la quinta carta mostraban una tercera figura masculina, un Rey de Copas con una excéntrica barba pelirroja y absorto en algo eterno, maligno e imponderable. Luego venía el Carro: se imponía un viaje, un encuentro imprescindible.

A saber, había pensado Larissa, a saber si sería cierto lo que aseguraban ciertas tribus amazónicas, o tal vez africanas, a saber si su útero sería capaz de sintetizar el esperma de tres hombres y de generar un hijo que fuese el fruto no de dos, sino de cuatro personas. Sería algo excepcional y Larissa no tenía la menor intención de renunciar a ello.

Gunther había tosido, frenando las tumultuosas cavilaciones de ella, y, por fin, había hablado.

QUINCE

Saturno había pasado por su Venus de nacimiento cuando, hacía varios años, Larissa había deseado un hijo mucho más de lo que deseaba continuar su relación con Leo. Jamás habría sido capaz de atraparlo como muchas mujeres de su especie suelen hacer. En ella persistía, como una aguja clavada en el cráneo, la idea de que un hijo debía ser algo buscado, querido, y no descubierto por casualidad o error.

Todos los días esperaba que Venus alejase con malos modos a ese Saturno obstinado, ese Saturno que había abierto una fisura en su matrimonio, y que lo desterrase hasta que un nuevo semen, una nueva conciencia espermática reconociese en ella una mujer a la que dejar embarazada, a la que colmar de expectativas y proyectos, de amor encarnado, de amor anhelado.

Y sucedió que, mientras Saturno exhortaba a la voluble Venus, Urano decidió que había llegado el momento de intervenir y de sugerir a Larissa que tomase una decisión: o el marido dispensador de seguridades materiales, pero incapaz de satisfacer sus instintos primitivos, o una espera que bien podía durar toda la vida, una esperanza suspendida en su cuerpo joven que, sin lugar a dudas, envejecería, al igual que viejas y desesperadas se tornarían sus ansias de ser madre. Eligió el tiempo y sus ventajas. Pero, rechazándola, Larissa se había ganado la antipatía de Venus hasta el punto de que ni siquiera la Luna, en sextil con Júpiter, había logrado que regresase.

Había llegado el momento, Larissa estaba embarazada y todavía era joven, tenía unos huevos perfectos dentro de su cuerpo, listo para nutrir y dar a luz. ¡Que volviese Venus, que volviese para rociar su sangre!

Ahora estaba embarazada y la certeza había pasado de las estrellas a la ciencia. Como testigos estaban esos dos hombres que la miraban con aire de quien tiene muchas preguntas por la cabeza y ninguna respuesta.

Pero un destello en los ojos de Gunther alimentó la esperanza en Larissa y en George, quienes habían buscado un posible remedio, ella en las cartas y él en el olvido.

—El cielo está enladrillado, ¿quién lo desenladrillará?, el desenladrillador que lo desenladrille buen desenladrillador será —dijo quedándose sin aliento. A continuación les dedicó una sonrisa satírica y se encendió otro cigarrillo.

—Imagínate, Gunther, que temía que dijeses algo inteligente, disculpa, realista, para intentar comprender algo —comentó Larissa estrujándose los dedos. El sátiro se transformó entonces en una suerte de dios, seguro en su corteza, asombrado de que esa mujer, esa mortal, no viese con claridad las señales de su compasión.

—Más realista que eso... —contestó.

Larissa se volvió hacia George, quizá él tenía la llave que le permitiría entender algo. Mas el otro parecía haber envejecido de golpe: unas arrugas horizontales y verticales rodeaban sus ojos, más pequeños de lo habitual, y apretaba los labios por temor a decir algo.

—¿Podemos dejar de jugar por un momento? ¿Podemos dejar de hacer gilipolleces hasta que resolvamos este absurdo?

Larissa buscó finalmente amparo en una silla, una nueva sensación le invadía los músculos: se sentía frágil, estaba segura de que se iba a romper, llevaba algo en su interior a lo que debía prestar atención. Una sustancia hecha de agua y fuego se detuvo en su garganta incendiando sus mejillas.

—No hay nada que resolver, Larissa —dijo Gunther—. Somos tus hombres, tú eres nuestra mujer, es nuestro hijo.

La cabeza de George giró bruscamente hacia Gunther; Larissa captó el movimiento.

Lo diría enseguida: «No sois los únicos candidatos». Diría eso, protegería a George del miedo y a Gunther del entusiasmo, mitigaría los sentimientos que habían estallado cuando la línea roja había interrumpido la paz que habían adquirido durante los días de amor compartido.

—¿Os he hablado alguna vez de Gaetano? —preguntó rompiendo el silencio.

Uno de los gatos maulló como si pretendiese avisar a Larissa que él lo recordaba perfectamente. «Estuvo aquí hace unas semanas, se corrió dentro de ti». Así pues, confió en la magia, esperó a que el gato llenase de inteligencia las cuerdas vocales y hablase en lugar de su dueña, aterrorizada por primera vez de que George y Gunther la abandonasen. Como si la historia se hubiese vuelto de repente demasiado complicada y ella fuese como las demás, una mujer lista para destruir en una sola mañana la libertad y la alegría gracias a un test de embarazo.

Pero el gato no habló y Larissa se vio obligada a contar lo que había ocurrido.

—¿Dónde está ahora? —preguntó Gunther, que parecía el más herido por la noticia.

—En Buenos Aires —resopló Larissa—, vive allí medio año.

George había recuperado el color y había dejado de juguetear con el tapón de corcho del vino, pero, para no alarmar demasiado a sus amantes, intentó manifestar con convicción unos celos que halagaron a Larissa, si bien no pudo por menos que considerarlos sumamente inoportunos.

—¿Lo has visto últimamente? —preguntó George. El silencio de Gunther obligó a Larissa a contestar.

—Lo vi cuando aún no te conocía.

—Pero me conocías a mí... ¿Habíamos hecho ya el amor? —inquirió Gunther.

—Sí, habíamos hecho el amor y seguías sin gustarme, Gunther. ¿Pretendías entonces una fidelidad que ahora rechazas? —replicó desafiante.

Gunther calló y George fue el que se puso esta vez a caminar de un lado a otro de la habitación sintiendo una gran confusión en la mente. Fuera llovía, los radiadores envolvían las paredes del piso con una apasionada tibieza. Todos dejaron de fingir, estaban seguros de que los otros dos serían sinceros, así que fue fácil confesar.

—¿Todavía te gusta? —preguntó George a Larissa.

«Todavía me gusta», pensó ella, y lo dijo.

Gunther lo vio claro como el agua: había que viajar a Buenos Aires y visitar al tal Gaetano.

A decir verdad existían muchas otras posibilidades, pero ninguno quiso tomarlas en consideración.

Dieciséis

Tenían tres billetes y la dirección de una casa en San Telmo. Gunther había aceptado vender todos sus loros a un amigo criador, y a las cornejas que había llevado recientemente a casa de Larissa (ella le había pedido dos cucuruchos y él había regresado con dos cornejas sujetas en las manos) las liberaron abriendo la ventana, poco antes de que los gatos se lanzasen sobre ellas. Al perro de Gunther lo dejaron con Daniele, el *dog sitter,* los gatos fueron confiados a los cuidados de Ada, quien se había mostrado encantada de saber que Larissa se había comprometido con George ignorando que Gunther era el otro novio. Había cosas que Ada, a la que quería mucho, no podía comprender y el *ménage* era una de ellas. De haberlo sabido Ada habría enumerado a Larissa las trágicas consecuencias de esa relación. «Si el equilibrio es ya algo excepcional en una pareja, no digamos entre tres personas», habría dicho. En cambio Larissa sabía que el equilibrio se sostenía mejor sobre seis piernas que sobre cuatro, de manera que se calló y, haciendo un gran sacrificio, se abstuvo de contarle que estaba embarazada. Ada era una mujer que a lo largo de su vida había elegido a los hombres en función de los objetivos que se había ido marcando: un hombre para la primera vez que había hecho el amor, otro adecuado tan solo para hacerle experimentar las alegrías del sexo anal, otro al que había elegido como novio y otro más, después, cuando llegó el momento oportuno, como padre de su única hija. Le resultaba imposible hacer coincidir, aunque solo fuese románticamente, a todos aquellos hombres en una única persona, de manera que cogía retazos de cada uno de ellos e intentaba construirse una vida, pieza a pieza.

Larissa estaba convencida de que su amiga tenía a Venus en Virgo, era la única explicación. Con una disposición planetaria similar era imposible que comprendiese las razones de una mujer que había optado por vivir con dos hombres, que se había quedado embarazada por error sin saber de quién, y que estaba dispuesta a dar a luz al niño y a criarlo entre cuatro personas, o con uno solo de ellos, o entre tres, o sola, en caso de que, al final, todos se retirasen. Así pues, le mintió y le dijo que George había comprado dos billetes para Buenos Aires, donde tenían previsto pasar la Nochevieja.

Los pezones crecían, sobresalían de sus pechos ofreciéndose al mundo, pezones tiesos sobre unas areolas hinchadas y santísimas, lozanas de vida («Los santos nos las envidian —pensaba Larissa desnuda delante del espejo—. Los santos envidian la santidad natural femenina, somos santas porque somos creadoras, porque el sexo de la mujer es una acogedora ensenada, que crea y luego pare, que se presta al supremo acto de amor»), pezones que los gruesos suéteres de lana no lograban disimular, se restregaban libres contra su superficie.

Mientras miraba a los dos testigos directos del cambio engastados en su pecho, Larissa había visto desvanecerse todos los miedos como si fuesen sombras golpeadas por un poderosísimo rayo de luz. Incluso el dinero para el billete de avión no suponía un problema insuperable. El anillo de rubí de su abuela, la estatua de Hermes, la colección de DVD eran objetos de los que, en el fondo, podía desprenderse. Quería ver la reacción de Gaetano cuando recibiese la noticia y quería hacerlo acompañada de los hombres que amaba y se habían convertido en un apéndice interior de ella misma. En tanto que George satisfacía la exigencia de Larissa de llevar una vida sosegada y, en varios aspectos, misteriosa, Gunther le brindaba las infinitas posibilidades del sueño y de la magia, esa extraña electricidad que casi podían ver cada vez que se tocaban, los explosivos y apocalípticos orgasmos simultáneos. Dado que por primera vez comprendía lo que y cuanto representaban los dos en su vida, Larissa asignó a cada uno de sus amantes uno de los senos que estaba admirando en el espejo: a Gunther le atribuyó el que tenía el pezón más hinchado y oscuro, a George el que prometía contener la mayor cantidad de leche en el futuro más próximo.

Se dirigió al dormitorio con la intención de ofrecerse a ambos y los encontró unidos, uno contra otro, apretando con los dedos sus respectivos penes, hinchados por el deseo. Al verlos pensó que le habría gustado detenerse sin que la vieran, volverse invisible, una sustancia sutil, encastrada entre ellos, prisionera entre sus lenguas, protegida por sus pechos. En realidad no quería hacer el amor: quería ser parte de ellos, desaparecer en su interior, convertirse en aire y flotar entre sus cuerpos. Por un momento, muy breve, sintió celos, y por un momento aún más breve tuvo la impresión de que su presencia no era necesaria, que también así lograban ser perfectos, tumbados en esa cama deshecha, con las rodillas apuntando sus respectivos cuerpos.

La lámpara encendida sobre la mesita iluminaba el cuerpo glabro y liso de Gunther, su polla desaparecía y reaparecía entre los dedos finos de George, que parecía gozar como Larissa jamás lo había visto gozar, con la cascada de rizos echada hacia atrás y la boca desmesuradamente abierta, a punto de salpicar el placer que experimentaba. Gunther tenía los labios y los ojos contraídos en una expresión seria y definitiva: era el macho alfa, el que dirigía el juego. Larissa se dio cuenta al observarlos como espectadora: ¿tan difícil le resultaba a George que Gunther se plegase a sus deseos? Nunca se le había ocurrido: le resultaba natural someterse a Gunther, sentirlo sobre ella, aplastada por su furia. El cuerpo hablaba más de cuanto las palabras lograban admitir: dominar a George como si él fuese el valle y ella la montaña era algo que satisfacía a los dos; con Gunther, en cambio, recuperaba los instintos animales como si, de repente, se hubiesen adentrado en una jungla, en el coito, y ella fuese una elefanta que recibía al imponente elefante, o dos gibones sobre una rama. George y Gunther, en cambio, eran especulares, semejantes como dos manos unidas en el centro del pecho: eran una oración sublime y Larissa prefirió no molestarlos.

En lugar de eso llamó a Gaetano y sintió que algo se movía en su barriga.

Diecisiete

Un documental mostraba a las tortugas marinas realizando un viaje decenal hacia la playa que las había visto nacer para que esa misma playa pudiese alumbrar la nueva generación de tortugas que saldrían de los huevos depositados bajo la arena. Las tortugas hijas emergían del estrato granuloso y brillante y corrían saltando unas sobre otras hacia el mar, donde nadarían el resto de su vida hasta que el instinto las condujese a la misma playa para desovar al cabo de treinta años.

El instinto maternal, más que cualquier otro, induce a las nuevas madres a reconciliarse con el espacio que las ha visto nacer: regresar a los orígenes es un vuelo migratorio que todas las mujeres realizan en cierto momento de sus vidas, cuando se transforman de hijas en madres. Pero Larissa vio que esa posibilidad se evaporaba en su caso. No tendría una playa. Deseaba con todas sus fuerzas a ese hijo, al igual que ser madre: pero ¿cuánto tiempo necesitaría para reconciliarse con el útero del que procedía para poder aceptar el propio?

—He pensado mucho en ti —le acababa de decir Gaetano por teléfono—. ¿Por qué no me llamaste?

—Tú tampoco lo hiciste —respondió Larissa.

—La última vez que nos vimos no parecías muy contenta de estar conmigo.

—Sabía que te marcharías, y eso fue, ni más ni menos, lo que sucedió.

Larissa no sabía cómo proseguir. ¿Qué podía decirle? ¿Que estaba embarazada? ¿Qué vivía con dos hombres? ¿Que su útero caprichoso había dado un vuelco a su vida?

Esperó a que él rompiese el silencio.

—¿Por qué no vienes?

—¿Adónde? —preguntó ella cansada.

—Aquí, a Buenos Aires. Me apetece estar contigo, comer contigo, hacer el amor contigo, dormir contigo...; no sabes cuánto tiempo llevo deseándolo. ¿Y tú?

Larissa sentía náuseas. La falta de respeto que ese hombre demostraba hacia ella superaba su ya elevadísima capacidad de aguante; no obstante, en ella aún sobrevivía una minúscula sombra que lo empujaba hacia él, hacia su pene, hacia la idea de su pecho, que anhelaba tocar con ambas manos para excavar bien hondo en él hasta encontrar la fuente de sus misterios. No tenía restos de amor que ofrecer a Gaetano, ya que todo el amor que le era posible contener lo estaba vertiendo en Gunther y George, y en sí misma, en el interior de su seno hasta llegar a su vientre.

—Voy —le dijo, y esperó a pisar suelo sudamericano para comunicarle lo del niño. Debía mirar a Gaetano a los ojos para comprender si le revelaría o no su nueva condición: si esos ojos de bosque, número siete, paridos directamente por Plutón y profundos como un estanque, eran capaces de hablar, Larissa los escucharía y tomaría una decisión.

George entró en el salón enrollado en una toalla.

—¿Puedes secártelo, por favor? No soporto el agua en el suelo —le dijo irritada señalando su pelo mojado.

George se quitó la toalla de las caderas y se la puso en la cabeza.

—¿Con quién hablabas? —le preguntó.

—Con Gaetano. He decidido que iré a verle y que vosotros dos me acompañaréis.

Las últimas palabras le habían salido como arrastradas por un río aceitoso y contaminado: esa imagen le produjo una nueva arcada, tenía la impresión de que su rostro flotaba en el aire sin poder aterrizar.

George había cambiado en los últimos tiempos: sus ojos la miraban con suspicacia e irritabilidad, y sus manos la acariciaban como si solo pretendiesen confortarse a sí mismas y fuesen incapaces de transmitirle el amor que ella necesitaba.

Larissa se sintió con derecho a hablar con él, pese a que la pregunta la hería más que el posible rechazo.

—¿Me quieres? —le inquirió, incapaz de comprender hasta el fondo los pensamientos de George. Con un poco de tenacidad Larissa era capaz de derrumbar todos los muros en poco tiempo. Pero su amigo parecía reticente a ceder: impasible e inmóvil, sabía callar cualquier sentimiento.

George cerró los ojos y dobló las comisuras de los labios.

Probablemente sí, pero no era de eso de lo que quería hablar.

El problema era Gaetano.

Compartir a Larissa con Gunther era tan natural como querer a los dos: los tres formaban una única persona, su amor se desplegaba cuando estaban juntos, no separados. Sin Gunther Larissa no habría entrado jamás en su vida. Era probable que George hubiese sido el único, hasta ese momento, que había madurado un sentido lógico en el interior de esa relación absolutamente ilógica (al menos a ojos de los demás), el único que admitía que el amor que los unía solo podía realizarse de esa forma.

Así pues, había que echar por tierra cualquier idea que Larissa tuviese sobre Gaetano: George empezó por ahí. Tuvo una explosión de celos y miedo durante la cual insultó a Larissa como nunca habría creído posible.

—Eres una pérfida —le dijo apretando los dientes—, deberías saber de quién es ese niño, no puedes dejarnos con esa incertidumbre, no puedes pretender que nuestras vidas cambien de esta manera, es absurdo, lo que nos está sucediendo es absurdo, Larissa.

—Sí, es absurdo, George, pero sería insostenible que nos comportásemos como el resto de la gente, esa gente que detestamos por sus miedos, que ha eliminado de sus vidas todo lo que a nosotros nos parece imprescindible. Gaetano —pronunció su nombre como si se tratase de una figura mitológica que nunca hubiera existido—, Gaetano no es el hombre de mi vida, en ningún momento lo ha sido. Si te contase cuánto tiempo dedico al día a buscar respuestas en la luna no me creerías.

—¿Qué tiene que ver la luna con todo esto? —preguntó él crispado por el enésimo delirio de Larissa.

—Pues que todo sucede por culpa de ella, George, ¿aún no lo has comprendido?

—Me molesta cuando hablas de las estrellas. ¡Vuelve a la tierra, Larissa, por el amor de Dios!

Ella arqueó las cejas. Le parecía imposible que George no entendiese el valor que la luna tenía en su vida.

Así que decidió empezar por el principio y le preguntó por su madre.

—¿A qué viene hablar ahora de mi madre? —saltó él llenándose por segunda vez la copa de vino.

—La luna es la Madre. Si no entiendes a la luna no tienes ninguna posibilidad de comprender cómo me siento en este momento.

Le resultaba ridículo pronunciar esas palabras, pero aún más ridículo sería no hacerlo: le estaba abriendo su corazón, ¿por qué dejar el trabajo a mitad justo en ese momento?

—¡Que te den por culo! ¡Que te den por culo! —gritó él salpicando la pared de vino.

Ella enmudeció sin saber qué decir. Se sentía seca y transparente.

La única solución era arrojarse en brazos de la oscuridad y de los sueños. De manera que fue a ver a Gunther, que se había desplomado sobre la cama después de haber hecho el amor, y unas gruesas lágrimas surcaron sus mejillas cuando le susurró un infinito, perentorio y firme: «Te quiero».

Dieciocho

En el avión Larissa y George habían aislado sus miedos con unos salvíficos auriculares que emitían música a alto volumen.

Antes de despegar el móvil de Larissa le comunicó la llegada de un nuevo mensaje: «¿Qué ha sido de los artículos que habíamos acordado?».

Recordó que se había comprometido a escribirlos y que ahora ya no tenía ganas de hacerlo.

—Tendremos que vivir en Buenos Aires —anunció a sus amantes, que viajaban sentados a su lado.

—¿Y cómo piensas obtener el visado? —preguntó George, que se había atiborrado de Valium.

—Viajaremos a Bolivia cada tres meses. Creedme, con el hambre que se padece en Italia es mejor cambiar, buscar nuevas posibilidades... —afirmó ella intentando sacar fuerzas de flaqueza: si no hubieran hecho eso no alcanzaba a imaginarse cómo habrían podido sobrevivir.

Gunther le tomó una mano y se la llevó a la boca.

—Entonces es cierto que eres la mujer de mi vida... —dijo, y Larissa sintió que debía mirar a George para comprobar que todo era como antes.

Él le sonrió, nervioso, aunque su inquietud bien podía deberse al inminente despegue.

Antes de que las puertas se cerraran Larissa mandó un último mensaje a Francesco, su editor.

«Tras haberlas leído atentamente, mis cartas me han confirmado lo que llevo pensando hace ya mucho tiempo: las personas nos engañamos creyendo que vivimos, cuando, en realidad, estamos a un paso de la muerte. Tu concepción del poder me resulta cómica».

Estaba satisfecha.

Gunther se puso a componer poemas. George rogó para que las nubes no lo aspirasen. Ninguno de ellos notó la mirada perpleja de la azafata cuando los vio durmiendo con las manos entrelazadas. Llegaron a Buenos Aires.

—¿Habéis visto? ¿Habéis visto las águilas? —exclamaba exaltado Gunther señalando fuera de la ventanilla. Larissa y George habían perdido las fuerzas y se habían arrellanado en los asientos posteriores del taxi. Asentían con la cabeza en silencio sin valor para echar un vistazo a lo que los rodeaba. Sus miradas se cruzaron: ese hombre era inagotable, tan maravillosamente cargado de energía vital y tan generoso a la hora de donarla que a ella le enternecía, en tanto que a él lo colmaba de esperanza.

—No tengo ganas de verlo enseguida —había dicho Larissa apenas habían aterrizado refiriéndose a Gaetano. Lo que George no sabía era que Gunther había encontrado por fin las palabras adecuadas para expresar a Larissa la enorme alegría que le producía el hecho de ser padre, y que eso los había mantenido despiertos durante toda la noche.

—Es el único sentido de la vida, el único verdadero. Generar hijos es la única cosa que me pone en contacto con el mundo. Supone un misterio tan grande que solo ahora que te conozco de verdad entiendo hasta qué punto es fundamental que lo viva contigo.

—¿Y George? —había preguntado ella.

—Lo quiero. Pero aquí se oculta el secreto y la verdad de todo —añadió acariciándole la barriga—. Todo lo que se puede descubrir y todo lo que es antiguo. Y yo te quiero por eso, a ti, que eres intemporal, que estás detenida en este tiempo, que es también el mío. Y el tiempo de George.

—No, decía... ¿y si fuese George el padre?

—En ese caso sería también hijo mío... El amor es un círculo, ¿no? No se despedaza ni se interrumpe en ningún punto.

Pero Larissa todavía no se sentía satisfecha.

—¿Y si fuese Gaetano?

Gunther se había ensombrecido de repente, una pupila se encogió, la otra se mantuvo grande y asesina.

—La elección es tuya. Cuenta conmigo.

Vieron el letrero «HOSTAL» colgado de la cornisa de un edificio de arquitectura parisina y pidieron al taxista que los dejase allí. El sol pesaba sobre su piel y no veían la hora de encerrarse en la habitación y tumbarse en la cama. Si había algo que a Larissa le gustaba especialmente de esa relación era poder engastarse entre los cuerpos de Gunther y George, adentrarse en su calor. Se daba cuenta de que la prisa con la que había iniciado todo la había hecho olvidar los sentimientos reales, y de que durante esas semanas se había vuelto odiosa a los ojos de sus seres queridos. Tenía miedo de que todo se acabase, como la mayor parte de las ojeadas que le echaban por la calle le daban a entender: no durará toda la vida, parecían decirle los desconocidos que deambulaban muertos por las calles, la felicidad no existe, lo que consideramos felicidad es solo un preludio, una degustación de algo que nos gustaría que durase toda la vida. El constante oscilar entre una inconsciencia infantil y enamorada y una conciencia sometida a las reglas morales de la sociedad en la que vivían sacaba de quicio a Larissa.

Pero lo que realmente le aterrorizaba era acabar siendo como su madre: no había olvidado los terribles tormentos que infligía a su padre antes de morir, de manera que Larissa tenía bien claro que, a menudo, el poder de ciertas mujeres aumenta gracias a la constante erosión a la que someten a sus hombres. Quería que sus amantes supiesen el amor que sentía por ellos y se sintiesen gratificados, si bien la manera en que se había comportado con ellos últimamente demostraba más bien lo contrario.

Ariel, el joven propietario del hostal, los recibió con un canuto en la mano. Lo seguía un perro enorme y blanco que azotaba el aire con la cola.

Le pidieron una habitación con una cama matrimonial y el joven se rio emitiendo un sonido de apreciación. Larissa se sintió feliz al comprobar que en esa casa iba a poder amar a George y a Gunther sin sentirse acosada.

La habitación era roja y azul, la cama alta; la ventana daba a un balcón que se asomaba a una calle por la que transitaban autobuses que se mantenían en vida gracias a sus viejos motores, pero bastaba cerrarla para impedir que entrase el ruido. Confiaron en que Ariel les dejase en paz lo antes posible mientras este les explicaba que la casa se encontraba en fase de reestructuración y que eran los únicos huéspedes por el momento. Larissa intentó recordar el poco español que había aprendido durante el viaje con Leo a Cuba, pero estaba cansada y ardía en deseos de meterse entre las sábanas, de manera que respondió a Ariel como una psicópata, con la boca torcida por la impaciencia. El joven se rio de nuevo, sacó a Flavio, el perro, y salió cerrando la puerta.

Inspirados por el mismo instinto, Gunther y George se abalanzaron sobre Larissa y la aprisionaron entre sus cuerpos verticales besándola con inusual frenesí.

No le resultó difícil olvidarse del sueño y del terror que le había causado el viaje en avión: cuando el amor la requería no lograba resistirse.

Era la primera vez que hacía el amor desde que había descubierto que estaba embarazada. Al principio, cuando George se deslizó bajo su cuerpo y Gunther la aferró por los costados como si pretendiese separarlos, Larissa no sintió que su cuerpo había cambiado. Pero cuando se abandonó y empezó a moverse encima de George para secundar el empuje de Gunther, y el placer que experimentaba estaba a punto de estallar, advirtió el profundo sentido de su cuerpo: lleno, invencible, resplandeciente. Por primera vez en su vida comprendió el significado de la palabra «realización»: mientras la plenitud de su cuerpo se fundía con la plenitud de su amor, Larissa tuvo la sensación de que las emociones que experimentaba la hacían brillar. Similar a una flecha que da en el blanco, esa manera de vivir era lo que siempre había estado buscando.

Pero ¿cuánto tiempo tardarían George y Gunther en darse cuenta de que compartir a esa mujer les iba a costar un precio que superaba con mucho la calidad de su amor?

DIECINUEVE

Gunther se despertó y siguió el rastro de olor a marihuana que le había cosquilleado la nariz atrayéndolo hasta una azotea soleada, vivificada por la lozanía de decenas de plantas que habían florecido en el verano austral. Sentados en un banco estaban Ariel y otros dos individuos, una tipa morena con los ojos y el pelo de elfo, y un mulato cuya camiseta negra de tirantes dejaba entrever una poderosa musculatura.

Gunther no tuvo el menor problema en sentarse con ellos y en empezar a contarles historias mientras se pasaban una pipa con marihuana.

—Un amigo de Roma, un alemán, que ha dormido en mi sofá durante tres meses, puede que incluso más, no sé, no me acuerdo. Pues bien, un día va y llega otro amigo mío de Venecia, un tipo que se pasa con el alcohol, y entonces dejo a Johannes, el alemán, en mi cama, y a Carlo, el veneciano, en el sofá. Yo me arreglo con el saco de dormir en la cocina, así puedo estar cerca de mis loros..., tengo más de setenta. ¿Qué loros tenéis aquí, en Argentina? En fin, que una noche Carlo, completamente borracho, empieza a insultar a Johannes y el alemán no le contesta, de vez en cuando me mira en busca de auxilio, pero yo no puedo ayudarlo, la situación es demasiado divertida y no quiero interrumpirles. Así pues, Carlo sigue insultando a Johannes, le dice que es una mierda, un capullo, que se peina como un maricón hasta que, de repente, Johannes va y le suelta: «Eh no, de maricón nada», y Carlo, fuera de sí, coge el lector de CD y pone a los CCCP a todo volumen... ¿Conocéis a los CCCP? ¿Han llegado a Buenos Aires?

Ariel, Luciana e Inti jamás habían conocido a nadie como Gunther y esperaban que no parase de contarles cosas. Su español era pésimo, pero sus manos, dotadas de una gran movilidad, lograban expresar mucho más que las palabras.

De cuando en cuando Luciana interceptaba los ojos grises del extranjero y le sonreía, sacaba el pecho para mostrarle los senos pequeños y perfectos que ocultaba bajo la camiseta.

Gunther habría dado cualquier cosa por poder abalanzarse sobre sus pezones arrogantes, pero sintió dentro de los pantalones un sobresalto que nada tenía que ver con esa exhibición de pechos frescos y desconocidos sino más bien con la memoria del sexo cálido de Larissa que aún sentía alrededor del suyo. Un poco más abajo del ombligo Gunther sentía un fuego líquido que le ofuscaba los sentidos.

Saber que Larissa estaba con George en el piso de abajo le produjo ansiedad por primera vez, una expectación completamente distinta de los celos que había sentido antes con las otras mujeres de su vida, relacionada con un sentimiento de pérdida que le dolía justo en ese punto del espíritu que jamás había sido explorado.

Bajó y encontró a George inclinado sobre la cama con un tarro en la mano: estaba pintando las uñas de los pies de Larissa.

Ella le sonrió, sus ojos ocultaban una alegría indecente y por sus dientes corrían mil luces de esperanza. El enamoramiento decidió de golpe transformarse en amor y el amor exigía una exclusividad que era completamente ajena a la idea que Gunther se había hecho de esa relación.

Sintió deseos de ocupar el lugar de George y de que su amigo francés desapareciese durante cierto tiempo y lo dejase a solas con Larissa. Por unos instantes tuvo la tentación de pedírselo, pero luego se puso a espaldas de ella y empezó a trenzarle el pelo. Había iniciado la competición y todos participaban cruelmente en ella.

Ariel los invitó esa noche a cenar con los otros dos inquilinos. Los techos altos y antiguos recogían el humo que se condensaba fuera de sus bocas.

Larissa fue la que se dio cuenta de los extraños movimientos de sus huéspedes: Luciana estaba con Ariel, lo dejaban bien claro los apodos que usaban para llamarse y los frecuentes besos que se intercambiaban. No obstante, Inti no parecía ajeno a esa intimidad y, si bien no era evidente como en su caso, se veía a la legua que a los argentinos los unía un deseo común.

—¿A que esos tres también están juntos? —murmuró a Gunther.

—Es posible —respondió él mientras se tragaba un trozo de lomo a la parrilla.

—¿Qué? ¿Qué es posible? —preguntó George abriéndose espacio entre ellos.

—Pero ¿es que siempre debes saberlo todo? —dijo Gunther enojado.

Larissa lo miró.

—No, decía —explicó dirigiéndose a George— que, en mi opinión, esos tres están juntos.

—¡De eso nada, ahora ves triángulos amorosos por todas partes! —George se echó a reír.

—Eso digo yo —glosó Gunther.

Había llegado el momento de que Larissa honrase la promesa que se había hecho: pulir sus aristas, procurar no resultar demasiado odiosa, *no acabar siendo como su madre*.

—¿Os apetece que juguemos? ¡Puedo pedir a uno de ellos que me deje leerle las cartas, así podré desvelar su secreto y los obligaré a confesar! —exclamó orgullosa de haber tenido una magnífica ocurrencia.

Aturdidos, pero sin vacilar, los otros dos aplaudieron el proyecto.

Larissa eligió a Inti: le parecía que era el que más padecía la clandestinidad y mientras los otros dos procuraban demostrarse amor y pertenencia, él los observaba solo y, a todas luces, insatisfecho.

—¿Quieres que te lea los números, las cartas o que te haga una carta astral? —le preguntó Larissa.

—¿Qué coño ves en los números? ¡Échale las cartas! —le susurró Gunther al oído.

—¡Cállate! Los números también pueden revelar cosas, ¿tú qué sabes? —contestó ella risueña. La hierba era óptima.

Inti eligió los números y Larissa corrió a su habitación a coger los dados.

—¡Hazme una pregunta! —le ordenó elevando, quizá en exceso, el tono—. Mejor dicho, no. Piensa en una pregunta —le sugirió.

Inti aceptaba el juego más de lo que sospechaba Larissa: tenía un semblante abierto, sensible al descubrimiento.

—Veamos..., tenemos un 2, tres 4, un 1 y un 3..., bien. Bueno, a decir verdad no tan bien... ¿Desde cuándo no tienes novia, Inti?

El joven hizo un ademán con la mano: «Desde hace mucho tiempo», decían sus dedos, que indicaban el pasado.

Ariel le dio una palmada en el hombro. Los ojos verdes de Inti, ahora que Larissa los podía ver mejor, contenían unos palitos dorados que, como la punta incandescente de una vara de incienso, parecían emanar aromas.

—Haz una cosa —le dijo después de haber aumentado el suspense con su silencio a la vez que intentaba ahogar una carcajada—, haz una cosa, levántate y bésala.

Inti se movió lentamente sobre la silla, como si pretendiese recuperar un espacio perdido; Luciana se encendió a toda prisa un cigarrillo, y Ariel se quitó el gorro y se rascó el pelo: era abundante y rubio.

A continuación Inti esbozó una sonrisa, se levantó y besó a Luciana. Ariel se mostró herido y confuso, pero nada hacía pensar que el gesto de su amigo lo hubiese sorprendido.

—¿Habéis visto, herejes? —Larissa se volvió a Gunther y a George. Los dos se echaron a reír señalando a Luciana y a Inti y evitando el rostro de Ariel, que no tenía ningunas ganas de oír los comentarios de esos extranjeros.

Larissa sintió compasión de Ariel y se reprochó una vez más haber ido demasiado fuerte y haber herido a alguien para favorecer a su amado.

Así pues se sentó sobre las rodillas de George y atrajo a Gunther hacia sí; desató su cinturón, abrió la cremallera de los vaqueros y sacó la polla de Gunther. Mientras la chupaba, George la ayudaba empujándola con las rodillas. Gunther miraba a George, que miraba la boca de Larissa, llena con el pene de Gunther.

Luciana e Inti comprendieron el mensaje y, demostrando el amor que los unía, atrajeron a Ariel y lo pusieron en medio.

Ciertos actos eróticos tenían una finalidad puramente demostrativa. En la felación que acababa de hacer a Gunther con la ayuda de George, Larissa no había sentido el menor estímulo sexual ni una voluntad de exhibicionismo: únicamente quería que Ariel comprendiese que una relación entre tres personas podía ser justa en un mundo que injustamente criticaba o malinterpretaba las uniones múltiples. La mayor parte de la gente estaba convencida de que los tríos solo eran lícitos si su objetivo era acabar entre las sábanas. Larissa y los demás leían con toda claridad los pensamientos de las personas que los veían juntos: un breve clip de una película pornográfica con una mujer y dos hombres que la penetraban donde cabía la posibilidad de hacerlo. No pensaban, como ciertos individuos que se esforzaban bien poco para comprender la realidad de las cosas, que lo que representaba un territorio erótico fértil para confusas fantasías sexuales no estaba, a la fuerza, escindido de otras formas de amor más completas. Era muy difícil convencer a un hombre que había superado los treinta de que abandonase la hipocresía y viviese la historia (solo erótica o sentimental, a saber) incluso fuera de las paredes de ese edificio.

Ariel sonrió nervioso y se tragó un gajo de mandarina. Quemaba más la intemperancia de esa italiana y se arrepentía de haberla albergado.

La detestó en particular cuando la oyó hacer una propuesta, y aún más cuando Luciana reconoció que a ella también le gustaría.

—Hagamos una orgía —exclamó Larissa—, invitemos a toda la gente que podamos.

Las razones que la habían animado a lanzarse eran dos: la primera, altruista e infantil, esto es, abrirse a todo el mundo y dejar que el mundo fluyese dentro de ellos; la segunda, egoísta e inconfesable, era que pensaba invitar a Gaetano para comprender cuál era el límite que, una vez superado, podía empujar a Gunther y a George a renunciar a compartirlo todo.

—A mí me parece una idea preciosa —dijo Luciana.

—Ni hablar —replicó Ariel.

VEINTE

Dos semanas más tarde Larissa estaba morena y sus labios se habían hinchado hasta el punto de parecer dos cacahuetes.

—Soy un monstruo... estoy completamente... ¡redonda! —decía tocándose la cara con las manos.

Gunther estaba nervioso, unas sutiles líneas rojas rodeaban sus ojos. Quizá fuese el alcohol, que bebía siempre en cantidades mayores, o un malestar que los demás desconocían; no era fácil de dilucidar. Lo que sí resultaba evidente era la manera en que temblaba su voz cada vez que George se acercaba a él y a Larissa.

—¿De qué tienes miedo, de que estemos conspirando a tus espaldas? —le preguntaba Gunther irritado.

George, cohibido por esas reacciones, solo disponía de un arma para defenderse de ellas: una carcajada larga y profunda que partía de su estómago. No obstante, la misma olía a llanto y a frustración, a la incapacidad de comprender a su amigo.

—No es justo lo que le estás haciendo a George —dijo Larissa a Gunther mientras lamía con avidez un helado en el barrio Palermo. Esa tarde le parecía estar en casa, el jardín botánico estaba poblado por una colonia de gatos que recordaba a la que había en el parque de debajo de su piso, si bien en Buenos Aires los gatos eran más grandes, tenían unos cráneos ovales y anchos, y unas patas largas y fuertes.

Gunther estaba inclinado sobre la etiqueta que había al lado de un árbol que parecía la versión botánica de su persona: era robusto y estaba coronado por una copa rebelde en la que habitaban un sinfín de pájaros ruidosos.

—Es George el que me está haciendo algo..., ¿no lo ves? ¿No te has dado cuenta? —le preguntó sin dejar de examinar la etiqueta del árbol.

Ella se encogió de hombros y vislumbró el movimiento furtivo de un felino detrás de un seto.

—Exige atenciones continuas, da la impresión de que tiene miedo de que lo abandonemos. ¿De verdad no lo has notado? —Hablaba lentamente, estaba muy tranquilo.

—No creo. Quiero decir, no le he prestado atención..., no me parece tan ansioso como dices.

—Porque estás demasiado ocupada con su polla —dijo él.

—¡Eres injusto! ¡Y... vulgar!

Él le apoyó un dedo en la punta de la nariz y le cantó.

—¡Soy robusto, soy rudo... y vulgar!

Tras apurar el helado Larissa decidió dejar la punta del cono junto al seto donde los ojos de un gato la observaban con curiosidad.

Luego lo hizo. Se levantó y miró a Gunther a los ojos. Entre ellos existía una energía inusual que, a veces, parecía desleír los colores que los circundaban.

—Ok —dijo ella.

—¿Ok qué?

—Ok. Te quiero.

Él esbozó una sonrisa.

—Vaya, ya iba siendo hora —dijo.

—¿De qué? ¿De qué iba siendo hora? —preguntó George mientras se acercaba a ellos con un ramito de lavanda en una mano.

Gunther arqueó una ceja en dirección a Larissa y ella esquivó su mirada. Con toda probabilidad Gunther tenía razón, pero la manera de resolver la cuestión no era hacer que George se sintiera un extraño.

La intimidad entre ellos se había ido construyendo capa a capa. Por un lado los tres compartían la comida, el sexo, los espacios y el tiempo; por otro (Larissa se había dado cuenta la primera vez) cada uno de ellos vivía momentos de intimidad diferentes con los otros dos.

Cuando estaba sola con George, Larissa se sentía segura. Disfrutaban de unos instantes de tranquilidad y de evasión del mundo teñidos por el hecho de que ninguno de los dos lograba abandonarse por completo. Cuando se daban cuenta lo remediaban con el amor: George montaba a Larissa cada vez que se producía entre ellos un silencio embarazoso, por lo visto la incapacidad de comprenderse les hacía sentir la necesidad de compenetrarse carnalmente.

La relación con Gunther era del todo diferente. Larissa se decía que la mayor intensidad del vínculo que los unía se debía a los años que habían pasado juntos. Gunther y ella nunca invitaban al silencio a entrar, al contrario, hablaban por los codos. Daba incluso la impresión de que el silencio que, de tarde en tarde, se imponía entre ellos no hacía sino aumentar su intimidad hasta el punto de que hacer el amor resultaba superfluo: era imposible añadir nada a esa plenitud. Así pues, con George disponía de un cuerpo y de un corazón acogedores; con Gunther buscaba en su interior un punto fijo imaginando un hilo tirante de metal que entraba por su cabeza y salía por su vagina. Debía permanecer erguida.

Mientras los veía cazar por juego a los gatos se preguntó qué forma de intimidad compartían. ¿Se reconocían en el juego? ¿O era el desafío a las reglas el que los hacía preciosos el uno al otro? ¿O, peor aún, compartían un secreto que nunca le revelarían?

La razón de sus labios hinchados y de la tensión en el seno estaba en su vientre, y era la única certeza de su recíproca presencia.

Ese día había empezado con nerviosismo y Larissa lo veía acabar con inquietud.

Dentro de poco volverían a casa (habían acabado integrándose en el hostal de Ariel y reconocer ese lugar como su hogar había resultado fácil) y encontrarían todo tal y como lo habían planificado el día anterior: los sofás estarían en la sala grande, las puertas de las habitaciones abiertas, y los espejos reflejarían la multitud de escenas que se disponían a representar.

Se encontrarían con Gaetano, al que habían informado de la llegada de Larissa solo dos días antes, y con una decena de desconocidos dispuestos a bajarse las bragas y los calzoncillos por diversión y aburrimiento.

Respiraron las últimas ráfagas de viento, que intentaba abrirse espacio entre las frondas de los árboles a las que ya atravesaban los rayos del ardiente sol latino. La tupida vegetación, embellecida por plumajes y broches preciosos, los amparaba del dolor, y su riqueza y exuberancia les imponía que se olvidaran de sus existencias y la veneraran eternamente.

Gunther seguía los desplazamientos de los animales del aire alzando la cabeza y girándola a derecha e izquierda. Reconocía a todos los pájaros que cruzaban el cielo y atribuía a cada batido de ala, a cada canto, un nombre preciso.

George sacaba fotografías a las flores y saltaba a la vista que no se sentía en sintonía con ese lugar. Por otra parte, ¿qué lugar podía considerarse en consonancia con su condición de vagabundo? Se detuvo delante de una estatua compuesta por dos figuras de mujer, una era espléndida y hacía girar un velo sobre su cabeza, la otra estaba acurrucada en una pose dolorosa, con la cara hundida entre las manos. George se acercó a ella y sacó otra fotografía. Su madre era ya un recuerdo descolorido y cuanto más intentaba recuperar las piezas que componían su imagen más la perdía. Sylvie le había escrito un e-mail que George no había osado abrir y cada vez que accedía a su correo y veía el nombre en negrita de su hermana sentía un hueso en el esófago que lo destrozaba.

Larissa se sentía particularmente atraída por la vida que estallaba a la altura de sus tobillos: los gatos que restregaban sus largas colas en sus gemelos, los insectos que le hacían cosquillas con sus alas, las hormigas que se agrupaban alrededor de los dedos de sus pies descalzos y sucios de tierra: eran un testimonio de su manera de proceder en el mundo, de la constante transformación del universo que alimentaba, ora con fuerza ora con desesperación, su vida. La inquietud siempre había sido para Larissa un combustible vivo que le permitía agrupar los pedazos de sí misma. En contadas ocasiones había transformado su jardín interior en un desolado territorio lunar, y la última vez que había sucedido había puesto fin a su matrimonio y se había entregado al uso desmedido de drogas y alcohol. Con Gunther primero y con George después la inquietud había vuelto a ser vital, similar a un viento que la empujaba y la revigorizaba. Incluso en esa condición, con las mejillas enrojecidas, un peso en la barriga y tres hombres candidatos a la paternidad de su hijo, Larissa no lograba recordar ningún sentimiento lúgubre. Su jardín interior estaba volviendo a crecer y era impensable interrumpir el avance de la vida. ¿Por qué intentarlo?

La tensión que se había generado entre George y Gunther la inquietaba, sin llegar, sin embargo, a atemorizarla. Y la idea de ver de nuevo a Gaetano solo le producía curiosidad, pese a que en las últimas dos semanas el terror de poder estar todavía enamorada de él la había empujado a mirar el techo y a leer los horóscopos mucho más de lo habitual.

Cogieron un taxi, el calor húmedo y el esmog pegaban la ropa al cuerpo, y cada arroyuelo de sudor era polvo de tiempo que pasaba.

En la avenida Defensa los vendedores ambulantes acababan de recoger sus mercancías distraídos por un puñado de transeúntes. El vocerío de la gente había quedado ahogado por el estruendo de los tambores que un grupo de jóvenes tocaba en la calle batiendo vigorosamente unos barriles metálicos con unos bastones de madera. La gente se había apiñado alrededor de ellos y muchos bailaban moviendo las caderas, sangre latina en unos cuerpos que habían cortado sus raíces.

Eran las nueve de la noche y el sol todavía estaba alto en el cielo. Los edificios de inspiración europea yacían por la calle: ¿qué era Buenos Aires antes de que se convirtiese en Buenos Aires? ¿Sobre qué base se apoyaban los preciosos ladrillos de los edificios liberty, qué maravillas o ruinas estaban sepultadas bajo las casas de techos altos y ventanas iluminadas y fastuosas? Las tiendas de anticuariado de San Telmo sugerían cuánto espíritu antiguo sobrevivía en esa ciudad, a pesar de la crisis y de los abusos, no obstante las repetidas colonizaciones de los italianos que huían del hambre o de los nazis que escapaban de unas solemnes condenas. Una gigantesca olla de experiencias humeaba ante los ojos de Larissa, Gunther y George que, tras abandonar las intensas calles de San Telmo, subían ahora la escalera de su hostal con las piernas de quien no tiene nada que perder.

Ariel estaba ayudando a Luciana a colocar los platos sobre el mostrador del bar en tanto que Inti llenaba el cuenco del perro de carne.

Gunther se ofreció para ayudarlos.

Larissa fue a cambiarse de vestido.

George contemplaba la puesta de sol desde la terraza.

Veintiuno

La energía orgiástica bebe de la fuente cósmica de la energía universal y si es posible conocer los movimientos planetarios y la auténtica magia de los influjos estelares también es posible comprender los ciclos vitales que, al igual que estaciones grabadas en un disco de tiempo, fluyen entre las personas envolviéndolas en el placer o en el desencanto.

Larissa miraba a los hombres y a las mujeres con los mismos ojos con los que admiraba los cuadros de Hieronymus Bosch. Más que el sexo lo que la erotizaba era la armonía; ese montón de cuerpos que se movían sobre el suelo como un matorral de serpientes la ayudaban a dejar de pensar en el caos: las posibilidades numéricas, si bien cohesivas, lograban producir unos resultados sorprendentes, pensó.

Todos los hombres y mujeres presentes integraban un número que, sumado a otros números, creaba infinitos destinos: estrellas del mismo sistema solar. Gunther había desaparecido detrás de la puerta del cuarto de baño, Larissa había atisbado a la mujer que había elegido y el hecho de no poder asistir a lo que estaba sucediendo le hacía sufrir un miedo de origen remoto que solo esas circunstancias, su presencia en medio de unos cuerpos desnudos y dedicados al amor, podían aplacar. Solo podría gozar de las ventajas del amor compartido superando de verdad los límites de su cultura. Obviamente, todo habría sido mucho más sencillo si unas mujeres no le hubiesen robado la atención de sus amantes. Larissa jamás había pensado en cómo habría sido su historia con Gunther y George si una mujer hubiese ocupado el lugar de uno de ellos, y, ahora que Gunther le ocultaba su placer y que George golpeaba las nalgas de una desconocida cuya pelvis se movía deprisa, Larissa comprendió que su relación jamás habría podido funcionar con una mujer.

En ese momento una joven se aproximó a ella sonriendo y le deslizó una mano por el pelo. Ese roce, en nada similar a la precipitación masculina, endureció su coño, que se cerró como un animal del bosque mimetizándose con las hojas y la tierra. Larissa sacudió suavemente la cabeza y le sonrió, convencida de que la otra la entendería. En sus años de actividad sexual siempre había sostenido que ninguna mujer era, tal vez, capaz de vivir el sexo tan libremente como ella. Pero en ese momento, sentada en un sofá en una pose un poco *vintage,* comprendía hasta qué punto se había equivocado; las otras mujeres se dedicaban con ganas y apetito a los hombres presentes en la sala, pegadas a un deseo vívido y múltiple que Larissa lograba sentir.

Tres o cuatro hombres deambulaban con la polla erecta buscando a alguien con quien compartirla. Lo cierto es que Larissa estaba saturada de deseo y su vagina llevaba tiempo suspendida en su magma fluido. No obstante no colmaría su deseo con un hombre entre las piernas o dentro de la boca: ninguno de esos desconocidos sabía atraerla. Después de todo, su cuerpo era ahora un templo y la sacralidad con la que trataba de protegerlo le hacía olvidar cualquier promiscuidad placentera. Su cuerpo, fiel a lo que sucedía en su interior, necesitaba familiaridad, auténtico calor, comprensión. Las únicas dos personas que podían satisfacerla eran Gunther y George y ambos estaban en ese momento ocupados con otras mujeres, otros vellos, otros olores. El dolor permanecía inmóvil, congelado en una pose espantosa dentro de ella. Superaba los celos, la posesión: se trataba más bien de la incapacidad de aceptar el rechazo de los hombres que quería, los únicos que deseaba. Era como acariciar a dos fantasmas con el anhelo de actuar con ellos y sin posibilidad alguna de dialogar.

Permaneció en esa posición, sentada con las piernas apretadas y las manos apoyadas en los muslos, esperando a que el tiempo pasase, a que se acabase la velada, amaneciese y las cosas volviesen a ser como antes. En ese momento entró Gaetano y, sin mirarla, se acercó a ella.

Veintidós

Me puedes explicar por qué mi madre me prohibía chuparme los antebrazos cuando era pequeña? —preguntó Larissa a Gaetano. Él se echó a reír y se encogió de hombros, luego se sentó a su lado.

Un rayo iluminó de improviso la habitación seguido de un trueno que parecía haber desgarrado el cielo. En la habitación reinó el silencio por unos instantes, luego todos volvieron poco a poco a flirtear. Sentada al lado de la ventana, Larissa oyó las primeras gotas de lluvia repiquetear en las baldosas del balcón.

Gaetano le preguntó por qué lo había invitado allí y por qué no lo había llamado nada más aterrizar en Buenos Aires y no había ido a su casa.

Ella no contestó.

—Cuéntame una historia —le dijo sin mirarlo.

Él tocó los párpados de ella con la punta de los dedos como si pretendiese imponer a sus ojos que se detuviesen en él, en su cara, un dedo por debajo de su nariz.

—Cuéntamela tú —respondió él, que cada vez se sentía más aprisionado en ese lugar.

La lluvia había arreciado, caía de las nubes densas como palos metálicos.

—Creo que lo hacía porque no consideraba correcto que su hija declarase el amor que sentía por su cuerpo. Estaba unida a mí de una forma tan morbosa que no solo era el amor de los demás el que la amenazaba, hasta el amor que demostraba por mí misma le resultaba insoportable... Creo que a mi madre le habría gustado que me odiase.

Larissa era consciente de que Gaetano no iba a comprender nada de esas palabras y que lo mejor era que la penetrase cuanto antes. Después se marcharía, como siempre, aunque antes le declararía su amor incondicional.

De manera que abrió las piernas y dejó todo exactamente donde se encontraba:

Gunther y George en su vida, hasta que quisieran, ese niño en su interior, la clara y nítida conciencia de ser una e indivisible, de ser la única dueña de sí misma, el único punto permanente de su existencia.

A Gaetano no le dijo nada, tampoco indicó nada a sus amantes, que la observaban desde lejos, jadeantes de sexo y de estupor, de miedo por lo que podía ocurrir después de ese encuentro.

Gaetano estaba convencido de estar solo con ella en la multitud. Se quitó la camiseta ligeramente sudada y, uno a uno, los zapatos y los calcetines. Se quedó tan solo con los vaqueros y con un temor innominado de origen desconocido. Era la primera vez que el cuerpo de Larissa lo rechazaba, pese a que yacía a su lado abierto y desconsiderado, listo para recibirlo como tantas otras veces.

Hizo ademán de besarla: los labios de ella, hinchados por una razón que él ignoraba y que ignoraría el resto de su vida, eran como manos en señal de rendición. Ya no era suya, desarraigada de su espacio y de su cama tuvo la impresión de que había perdido todo el calor que, como un vampiro, chupaba de su cuerpo cada vez que lo deseaba.

Hizo el ridículo más espantoso intentando tocarle los dientes con la lengua, penetrándola hasta el fondo y comprobando cómo se rendía, reconociendo en sus suspiros y en sus párpados cerrados que todo era como antes.

La tormenta era cada vez más fuerte, las luces de la casa saltaron con un estallido. Todos se reían, las mujeres gritaban al sentir el acoso de los hombres, la oscuridad les permitía ser ellos mismos, libres de máscaras, libres de ser, de tocar, de besar a quien fuese al amparo del negro, libres de vivir sus cuerpos sin inhibiciones.

Gaetano trató de abrirse camino entre los muslos de Larissa, pero estos se opusieron a su voluntad, semejantes a peces ensartados por un amo mientras fluctuaban con sus aletas en el agua caliente y maternal. Saltaron, lo tiraron del sofá.

Larissa buscó a Gunther en la oscuridad. Sentía una desesperada necesidad de él, de hacerle sentir su presencia, de sentir la de él.

Lo buscó ignorando la suerte de Gaetano, pasando por encima de los cuerpos exhaustos de la frenética danza orgiástica, tocando con las manos pieles desconocidas, buscando esa mano y esa piel con un anhelo que superaba con mucho el mero deseo.

Las lámparas que colgaban de los techos altos iluminaron de nuevo la sala.

Larissa se detuvo, Gunther y George estaban justo delante de ella. Se escrutaron el corazón furioso de esos días por fin sosegado.

Todo había vuelto a existir, todo se estaba transformando, había que absolver de alguna forma los sentimientos.

En la sala el grupo dejó de gozar, de realizar actos de amor improvisados, unos con ternura, otros despreciando su carne: a todos resultaba evidente la agitación que reinaba en el salón. Gaetano tenía los ojos cerrados mientras una joven negra le ofrecía su enorme polla. Como era habitual en los de su especie, no estaba acostumbrado a perder. El macho está habituado a ganar.

Sin valor para mirar a George Larissa tendió la mano hacia Gunther y salieron a la azotea, donde otros cuerpos estaban haciendo el amor amparados en la oscuridad en que, de nuevo, se había sumido San Telmo. El cielo estaba cubierto pero, en medio del rosa intenso de una nube cargada de agua, se había abierto un círculo perfecto en cuyo interior resplandecían las estrellas.

—¿Ves? —le dijo señalando varias de ellas, que parecían gemas encastradas en el terciopelo azul de ese trozo de cielo—. ¿Ves? Las estrellas nunca tienen valor para mentir. Sabía que este hijo era tuyo antes incluso de concebirlo.

Las palabras le salieron por la boca como la lluvia que seguía violentando la ciudad, unos auténticos torrentes de agua corrían por la calle que había a sus pies. Con las caras y los cuerpos medio desnudos, mojados, azotados por las gotas que caían con fuerza, Larissa y Gunther se estrecharon las manos y llegaron a hacerse daño.

Cuando entraron de nuevo en la sala, de George no había ni rastro.

Ariel dijo que había llamado a un taxi y que le había pedido que lo llevase directamente al aeropuerto.

A la mañana siguiente Buenos Aires estaba inundada de agua.

Veintitrés

No, esa! —gritó ella señalando el montón de cartas que estaban esparcidas por la mesa de su salón.

—¿Cuál, esta? —preguntó George mostrando un triunfo del tarot a Larissa: tenía la frente sudada, y las mangas de la camisa subidas por los antebrazos—. ¡No! —repitió ella como si los ojos estuviesen a punto de caérsele de la cara.

En la cocina Gunther estaba llenando más ollas de agua. Los gatos observaban con curiosidad todos sus movimientos ladeando sus cráneos redondos, desconcertados por los gritos de su dueña. Se movían como cuando estaba a punto de desencadenarse una tormenta: tenían las pupilas dilatadas, el pelo tieso y el lomo arqueado.

—¡Por los clavos de Cristo, George! ¡¿Has venido para ayudar o no?! ¡Vamos, es la número veintidós, toda azul, no es difícil!

—Pero es que hay un montón... Ten, cógelas tú, cógela tú —dijo irritado tendiéndoselas con sus largos dedos tremulosos.

Gunther sostenía el teléfono entre la oreja y el hombro mientras llevaba agua fresca a Larissa.

—Sí, desde hace media hora. ¡Sí! No, quiso esperar... ¿Y yo qué sé? ¡De acuerdo, pero dese prisa! —decía.

—Te lo ruego, Gunther, echa una mano a George. ¡Tienes que encontrarme la carta del Universo, es importante! —suplicó Larissa con la voz quebrada.

Pero Gunther no la escuchaba; se esforzaba para que su cuerpo fuese útil durante el acontecimiento, como si algo se fuese a separar también de él en breve, el peso que había llevado a cuestas durante varios años. Se sentía en total simbiosis con Larissa, se reconocía en su barriga, en su piel, que estaba a punto de desgarrarse.

—¡Venga, dámelas a mí! —ordenó Larissa a George, y a continuación se puso a hojear el abanico de cartas buscando su Universo.

—Está en camino —anunció Gunther—, tendremos que meter a los gatos en la otra habitación y cerrar los postigos... ¿Te molesta la luz?

—Sí, gracias, Gunther, cierra los postigos. Pero deja aquí a los gatos, me ayudan —dijo tras haber encontrado, por fin, su carta del tarot. Una mujer desnuda danzaba dentro del círculo celestial de las estrellas en perfecta armonía con el universo.

Larissa había sentido la necesidad de examinar esa carta apenas había sentido la primera contracción, hacía ya unas horas, sin advertir a Gunther, que dormía sobre el sofá con una manta sobre sus piernas desnudas.

George había regresado de Quito hacía unos días y se había alegrado de que Larissa y Gunther lo hubiesen llamado para avisarlo de que ella estaba en un tris de dar a luz.

Todas las elecciones posibles se habían hecho antes de que fuese demasiado tarde.

El primero que la había invitado a elegir había sido Gunther, en la azotea en la que habían contemplado las estrellas.

—Ahora tienes que decidir —le había dicho sin el menor deseo de arrepentirse.

En ese instante Larissa había confiado en que una estrella le sugiriese algo, una visión clara del camino. Luego se había acariciado la barriga y se había dado cuenta de que su mayor elección, la definitiva, estaba en ella. Pero ¿cómo se podía elegir a quién amar? Jamás había pensado en esa posibilidad desde que su relación había iniciado. George no habría existido sin Gunther, en tanto que este había empezado a existir antes de que el francés apareciese en su vida. Pero ¿bastaba la cantidad de horas para dar sentido al amor?

—Yo también quiero a George —había confesado Larissa en voz baja.

—No te he pedido que no quieras a George o a cualquier otro. ¿Qué ves alrededor?

—Gente que folla, eso es todo.

—No, esa gente está únicamente colmando de sentido sus vidas. Somos muchos y las posibilidades son infinitas, pero solo disponemos de una vida y solo podemos darle un sentido. Es la única alternativa. —Le había cogido una mano.

En ese momento Larissa había sentido que pertenecía plenamente a Gunther. No tenía sentido hablar de amor o de sentimientos, esos temas banalizaban su naturaleza. El amor no tenía nada que ver con ello, ni la calidad del sexo ni la capacidad de comprender o ser comprendidos: la unión se produce cuando la alegría de otro ser es tan intensa que se puede confundir con la nostalgia. Entre ella y Gunther existía ese dolor punzante, continuo, que no se producía cuando estaba con George. Y ese dolor era, más que cualquier otra cosa visible o invisible, el rostro preciso y despiadado de su fusión.

—Pero ¿se puede saber qué estás haciendo ahora con esa carta? —preguntó George a Larissa.

—Ahora me concentro, mi querido George, me concentraré en el universo e intentaré no prestar atención al dolor —explicó ella arqueando la espalda al sentir una nueva contracción.

Había sido Gunther el que le había propuesto que llamasen a George que, hasta ese momento, se había quedado en Sudamérica buscando una casa, un lugar acogedor en que instalarse. Aceptar su destino de vagabundo era la única cosa que lo hacía feliz, de manera que había procurado no poner trabas a su naturaleza. Pero la añoranza de Gunther y de Larissa le había llevado a reservar de inmediato un billete después de haber recibido su llamada y, sin preguntarse por lo que podía suceder en Roma y sin la menor intención de renunciar a su naturaleza finalmente liberada, había emprendido el viaje de vuelta sin temores ni esperanzas.

—¿Qué te dijeron que debías hacer en el curso de preparación al parto? —preguntó George a Larissa mirando a Gunther.

—¿Quién te ha dicho que fue? ¡Se ofendió cuando se lo propuse! Aseguró que Aleister Crowley le sugeriría sin lugar a dudas la mejor manera de hacerlo y luego se dedicó a hacer esos círculos, esas cosas astrales que le gustan, para acabar asegurando que las estrellas están de su parte —dijo Gunther.

George sonrió a Larissa y ella sintió la tentación de devolverle el gesto, pero una punzada más poderosa le arrugó la boca en una mueca de dolor.

Se quedaron todos en silencio conteniendo el aliento. Larissa trató a duras penas de quitarse la camiseta, varios mechones de pelo caían sobre su frente sudada y las cejas pegadas. Gunther corrió en su ayuda, la desnudó y le tapó las piernas con una manta.

La explosión de su alegría materna yacía dolorida sobre las flores marchitas de la tela del sofá: equiparaba cada contracción a un resto de placer sexual, pensaba que en el interior de su cuerpo permanecía vivo el recuerdo del amor que había generado ese niño. El dolor no era sino un eco del placer y cuanto más sufría su vientre más agradecía Larissa haber nacido mujer, capaz de recibir y de expeler los residuos de amor de su cuerpo, un medio hecho de carne entre el más acá y el más allá.

La comadrona llegó con su bolsa negra y echó una ojeada a los gatos que coleaban: esperaba encontrarse una habitación higiénicamente impecable.

—No pueden estar aquí —dijo apartándose los rizos de los ojos—, hay que encerrarlos en alguna parte.

Larissa se opuso rotundamente, ese montón de vida debía servirle de alguna forma, debía recordarle que no era sino parte de un círculo infinito. En su mente apareció con toda nitidez la imagen de Gunther parado como un espantapájaros, con decenas de loros distribuidos por todo su cuerpo, entre los brazos, las piernas y el pelo. Viéndolo así, vivo entre los vivos, Larissa había decidido que solo él podía ser el padre de su hijo.

La comadrona se arremangó: sus poderosos antebrazos, ricos de grasa y de capacidad de curar, se acercaron a la barriga de Larissa. Empezó a palparla con sus manos menudas y expertas.

—Falta poco, la cabeza ha bajado —aseveró mirando a Larissa a los ojos.

Si, por un lado, todos anhelaban que acabase ese dolor y ver nacer al niño que había cambiado sus vidas, por otro comprendían la maravilla que suponía ese tiempo dilatado, casi intocable, que yacía en la habitación cargada de sudor y expectación.

Sabían que una sonrisa no tardaría en anegar sus ojos de lágrimas, todas las lágrimas de antes, todas las lágrimas de siempre, cuando posaran sus manos en el rostro del que se disponía a comenzar.

El amor por su hijo era lo más fuerte que había sentido en su vida y Larissa trataba de traerlo al mundo valiéndose de todos sus huesos y toda su sangre, ayudarlo a ver lo que solo había podido imaginar en su vientre.

La vagina crujía con los empujones y con el pulsar de las arterias, que eran cada vez más frenéticos. El corazón latía a tanta velocidad que era imposible comprender si se había detenido o no.

Después sintió otros huesos, además de los suyos, y otra sangre que fluía con la suya, una piel nueva y hechizada se deslizaba por el pecho y el vientre, resbalaba hasta abajo como si se desplazase en un vuelo trágico a la vez que sublime. Empujó un poco más apretando con fuerza los ojos, buscando en su memoria el instante de su nacimiento, cuando era ella la que resbalaba, ella la que estaba atrapada en la cavidad materna.

Hizo un vago ademán con la mano, Gunther se aproximó a ella y le aferró los gemelos vibrantes.

Estaba a punto de suceder, George contuvo el aliento y se escondió en la habitación de al lado, no tenía fuerzas para vivir ese momento.

Luego se sintió un silencio aterrador, del otro lado, y cuando hizo acopio de valor para ir a ver lo que ocurría oyó la respiración de Larissa similar a un estallido que retumbaba en las paredes, y un llanto, el largo y desesperado llanto de un niño. Retrocedió para espiar.

La comadrona tendió el niño a la madre, que se apresuró a acariciar el vello suave del recién nacido: la gracia de su rostro le abrió un remolino de luz. Gunther se acercó para verlo.

Le dijo a Larissa si podía cogerlo. Ella le sonrió dulcemente y alargó los brazos.

La comadrona arrugó la nariz, alzó las gafas y, mientras se lavaba las manos, ni siquiera notó que los gatos se habían acercado curiosos al nuevo trío.

George deambuló mudo por la habitación donde se había retirado; de repente divisó el folio arrugado que había en el escritorio. Era de Larissa.

Llegará un momento
en que el angosto espacio que nos separa confundirá
[tu nostalgia
y será de la luna la culpa, la mía,
en lo más hondo, donde tu lengua se convierte en mía.
He arreglado todo y carezco de campanitas
[iluminadoras

donde no alcanzo

donde no puedo

Deméter tiene un ojo cerrado y con el otro me mata

hago de mí lo que puedo,

un anzuelo clavado en mi tallo,

pueda la paz dormir en mi regazo,

es la oración de cada noche

sin huellas de ramas que me cubran la cabeza

esta es una verdadera derrota

dilatada en un tiempo recluso y que cuando quiere

pasa.

Salió de casa sin hacer ruido.
Regresó al frío de las calles.

AGRADECIMIENTOS

ℬianca Nappi: por la valiosa información astrológica.

Paola Tavella: por el amor, por los «descensos» de cartas por teléfono.

Silvia Tavella: por la sabiduría de las palabras: «Los hombres están acostumbrados a ganar».

Andrea Mancuso: leíste las primeras páginas de este libro y me pediste que continuara.

Roberto Moroni: porque sabemos reconfortarnos.

Rosella Postorino y Severino Cesari: porque me habéis dado tierra y agua buena para que pudiese germinar, viento para crecer y fuego para quemar lo prescindible.

Marco Vigevani: los peces tienen nariz, pero carecen de olfato.

Paolo Pagnoncelli: por el poema que figura en la página 43, *Me enamoro* (en *Le parole più preziose*, Ets 2002). Y por todo lo que ya sabes.

Índice

Primera parte
Roma

Uno	11
Dos	36
Tres	53
Cuatro	65
Cinco	79
Seis	89
Siete	104
Ocho	114
Nueve	131
Diez	138
Once	148
Doce	165

Segunda parte
Buenos Aires

Trece	179
Catorce	190
Quince	194
Dieciséis	200
Diecisiete	206
Dieciocho	213
Diecinueve	221
Veinte	231
Veintiuno	241
Veintidós	245
Veintitrés	251
Agradecimientos	263

Este libro
se terminó de imprimir
en el mes de julio de 2012

Suma de Letras es un sello editorial del Grupo Santillana

www.sumadeletras.com

Argentina
Avda. Leandro N. Alem, 720
C 1001 AAP Buenos Aires
Tel. (54 114) 119 50 00
Fax (54 114) 912 74 40

Bolivia
Calacoto, calle 13, 8078
La Paz
Tel. (591 2) 279 22 78
Fax (591 2) 277 10 56

Chile
Dr. Aníbal Ariztía, 1444
Providencia
Santiago de Chile
Tel. (56 2) 384 30 00
Fax (56 2) 384 30 60

Colombia
Carrera 11 A, n.º 98-50. Oficina 501
Bogotá. Colombia
Tel. (57 1) 705 77 77
Fax (57 1) 236 93 82

Costa Rica
La Uruca
Del Edificio de Aviación Civil 200 m al Oeste
San José de Costa Rica
Tel. (506) 22 20 42 42 y 25 20 05 05
Fax (506) 22 20 13 20

Ecuador
Avda. Eloy Alfaro, 33-3470 y Avda. 6 de
Diciembre
Quito
Tel. (593 2) 244 66 56 y 244 21 54
Fax (593 2) 244 87 91

El Salvador
Siemens, 51
Zona Industrial Santa Elena
Antiguo Cuscatlan - La Libertad
Tel. (503) 2 505 89 y 2 289 89 20
Fax (503) 2 278 60 66

España
Avenida de los Artesanos, 6
28760 Tres Cantos (Madrid)
Tel. (34 91) 744 90 60
Fax (34 91) 744 92 24

Estados Unidos
2023 N.W 84th Avenue
Doral, FL 33122
Tel. (1 305) 591 95 22 y 591 22 32
Fax (1 305) 591 74 73

Guatemala
26 Avda. 2-20
Zona 14
Guatemala C.A.
Tel. (502) 24 29 43 00
Fax (502) 24 29 43 03

Honduras
Colonia Tepeyac Contigua a Banco Cuscatlan
Boulevard Juan Pablo, frente al Templo
Adventista 7° Día, Casa 1626
Tegucigalpa
Tel. (504) 239 98 84

México
Avda. Río Mixcoac, 274
Colonia Acacias
03240 Benito Juárez
México D.F.
Tel. (52 5) 554 20 75 30
Fax (52 5) 556 01 10 67

Panamá
Vía Transísmica, Urb. Industrial Orillac,
Calle Segunda, local 9
Ciudad de Panamá
Tel. (507) 261 29 95

Paraguay
Avda. Venezuela, 276,
entre Mariscal López y España
Asunción
Tel./fax (595 21) 213 294 y 214 983

Perú
Avda. Primavera, 2160
Surco
Lima 33
Tel. (51 1) 313 40 00
Fax. (51 1) 313 40 01

Puerto Rico
Avda. Roosevelt, 1506
Guaynabo 00968
Puerto Rico
Tel. (1 787) 781 98 00
Fax (1 787) 782 61 49

República Dominicana
Juan Sánchez Ramírez, 9
Gazcue
Santo Domingo R.D.
Tel. (1809) 682 13 82 y 221 08 70
Fax (1809) 689 10 22

Uruguay
Juan Manuel Blanes, 1132
11200 Montevideo
Tel. (598 2) 402 73 42 y 402 72 71
Fax (598 2) 401 51 86

Venezuela
Avda. Rómulo Gallegos
Edificio Zulia, 1° – Sector Monte Cristo
Boleita Norte
Caracas
Tel. (58 212) 235 30 33
Fax (58 212) 239 10 51